디스 레트로 라이프

＊이 도서의 국립중앙도서관 출판예정도서목록(CIP)은 서지정보유통지원시스템 홈페이지(http://seoji.nl.go.kr)와 국가자료공동목록시스템(http://www.nl.go.kr/kolisnet)에서 이용하실 수 있습니다. (CIP제어번호: CIP2019033276)

디스 레트로 라이프

남승민

빈티지 애호가, 취향을 팝니다

아내에게

This Retro Life! —— *Contents*

시계 애호가라고 쓰고 나까마라고 읽음

약 10년 전, 정확한 이유는 기억나지 않지만 시계를 사고 싶은 충동을 느꼈다.

시계가 필요했다.

나는 시간을 꼼꼼하게 체크하지는 않지만 약속 시간에 정확히 도착하는 편이었다. 굳이 시간을 보기 위해서 시계가 필요하다는 편평한 요구로 시계가 절실한 상황은 아니었다.

그러니까 시간도 가끔은 보기 위한 나만의 시계.

별로 비싸진 않지만 그럴듯한, 손목을 적당한 무게로 감아주는, 소매 속에 존재감을 숨기다가 손을 씻을 때 세면대 비누곽 옆에 금속음을 내며 잠시 헝클어져 있는, 다른 곳에 놓아두었다가 몇 번은 잊히고, 여기 있었네, 우연히 발견되어 또 다른 하루 일과와 작은 설렘을 함께 준비하는 그런 시계를 꿈꾸고 있었다.

시계를 산다는 것에 달라붙는 온갖 팬시함은 버리고, 단지 시계와 영위하는 삶, 납작한 시계가 손목 또는 테이블 위에, 키보드 뒤쪽 어딘가 일회용 종이컵과 함께 놓여 있는 비실용적이

\\\

며 거추장스런 일상을 꿈꾸었다.

낭만적인 바람의 일부였다고 해도 좋다.

되짚어 보면 내가 원했던 것은 시계가 아니라 시계라는 사물과 함께하는 일상이었다고 말하는 게 더 정확할지도 모른다.

가지고 있던 얼마 안 되는 돈으로 중고 시계를 사기 위해 발걸음이 향한 곳은 종로4가 예지동. 그전까진 시선을 준 적 없는 낡은 진열장 안에는 한눈에도 무척이나 오래되어 보이는 빛바랜 다이얼과 금장 바늘을 단 시계들이 깔려 있었다. 이들은 작고 두툼한 단추처럼 볼록하거나 다소 날렵하지 못한 형태를 띠고 있었다. 한마디로 구식이었다. 낡고 먼지를 뒤집어쓴 유리 밑, 빛바랜 다이얼 위에는 조그마한 초침이 6시 방향에 자리 잡고 있었고 다른 시계들은 또 몇 개의 부속이 빠진 채, 하지만 수줍음 따위는 없이 처음부터 이런 모습을 하고 있었던 것처럼 나를 바라보고 있었다.

개중에 몇몇은 배터리가 아닌 태엽을 감아주면 움직이는 시계라고 했다.

태엽과 기계식이라는 말을 듣는 순간, 저 낯선 시계 다이얼을 투시하는 듯한 비전이 느껴졌다. 기계적인 황홀함이 덥석 나를 붙잡았다.

일본 시계와 스위스 시계, 생경했던 브랜드 이름, 용두, 날짜 창 또는 상인들이 쓰는 시계의 부속이나 수리를 일컫는 일본말, 한문-영어가 들어간 요일 창의 움직임, 투박한 러그의 형태, 반질반질한 스테인리스 케이스, 그 모든 탁하고 정겨운 느낌들.

감히 개성을 논할 수 없는, 오랫동안 잊힌 형태들이 주는 새로움과 익숙함이 반가워 막연히 이곳에 계속 오게 될 것 같은 예감이 들었다.

예지동 골목으로 들어설 때마다 이 진열장에서 저 진열장으로 쉼 없이 움직였다. 여행을 하듯, 골목 속 시계들은 나를 새로운 곳으로 이끌었다. 형태와 브랜드들을 익히며 그 내부에 말라붙은 오일과 녹이 난 무브먼트와 함께 시계를 흡수하기 시작했다.

그 시절, 가장 중요한 원칙은 가격 대 성능비였고, 그게 중고 시계 골목에서 가격 대 특별함이라는 창조적인(?) 전환을 거쳤다. 여기서는 적당한 가격에 나만의 시계를 발견할 수 있다는 반쯤은 타협적이고 반쯤은 자조적인 사고방식이 필요했다. 아니, 각각의 시계들마다 현재의 공산품들과는 다른 태도를 요구하는 듯했다. 그리고 그러려면 우선 시계를 알아야했다. 공부가 필요했다. 2000년대 중반 당시 구글을 통해 익힐 수 있는 시계 지식은 한계가 있었다.

언제나 처음 본 모델들이 진열장 안에서 발견되었고, 나까마의 손에서 내게로 전해졌다. 내가 필드에서 마주친 시계들이 국제적인 시계 세상의 전부였고, 그런 마주침을 통해 나만의 시계를 발견하게 되었다.

어느 순간 나는 시계를 모으고 있었고, 구매한 시계 내부를 손쉽게 열어 확인하고 있었다. 오리지널이라는 단어가 얼마만큼 큰 아우라를 시계에 부여하는지, 제 것으로 제짝을 갖춘 시계의 일체감이 얼마나 간절했는지 따위에 순응하고, 아름다움에 대한 기준이 사람마다 다르듯 시대별로 돌변하는 시계 디자인의 변천사를 뒤쫓으며 머릿속에 새겨넣기 시작했다.

샀던 시계를 되판 것은 순전히 우연이었지만 필연적인 과정이기도 했다. 많은 것들을 우리는 가질 수 있지만 모두 다 손에 붙잡고 있을 순 없다. 변덕은 허영심의 다른 얼굴이기에 어떤 시계를 입수해서 넘기는 과정은 순식간에 이뤄지기도 했다. 팔기 위해서 사는 시계도 늘었다. 내 빈약한 포트폴리오 안에서 치열한 내부 경쟁이 펼쳐졌다. 브랜드 네임 밸류 또는 아름다움, 손목에 찼을 때의 느낌 등과 같은 비객관적인 요소들이 복합적으로 작용해 서로가 서로를 배척하기 시작했다.

나는 빨리 포기하는 법을 배웠다. 설득력이 떨어지는 시계를 분류하기 시작했다. 시계 두 개를 나란히 배열하면 이상형 올림픽보다 더 명확하게 답이 나왔으니까. 그렇게 내 손을 떠나간 시계들은 또 다른 우주를 형성하고 있을 것이다.

한정된 자원, 유한한 시간 따위의 거창한 개념이 손에 만져지는 시계의 형태로 축소되었다. 나에겐 시계 수집가라는 부담스런 칭호는 절대 맞지 않다는 사실을 절감하게 되었다. 나는 시계를 좋아하는 사람이 아니라, 좋아할 만한 시계를 사서 판매하는 업자가 되어 있었다.

근사하고 개성 충만한 저가 시계는 상태 나쁜 명품 시계에 순차적으로 밀려나기 시작했고, 낭만적인 시계 세계는 서서히 축소되기 시작했다. 남은 영토는 저평가된 틈새시장용 시계들과 그렇고 그런 중저가 제품들에 집중되었다.

시계와 함께하는 낭만적인 일상을 바라던 초보 애호가는 판매 가치가 조금이라도 있는 시계만을 사랑하는 나까마가 되어버렸다. 시계가 손목 위에 놓인 이미지를 그려보며 한참을 상념에 잠겼던 시절의 그는 이제 아련한 추억이 되어버렸다.

그리고 빈티지 시계 시장도 큰 변동이 발생하며 점점 무너지기 시작했다.

상대적으로 저렴한 수업료를 지불하며 시계에 대한 충실한 지식을 쌓고, 시장을 부지런히 오가는 성실하고 튼튼한 두 다리만으로 좋은 시계를 구할 수 있었던 시절, 순수하게 사랑할 수 있었던 시절은 이제 다 지나가 버렸다. 어쩌면 세상에 쉽게 순응하지 못했던 그 시절의 나였기에 시계가 절실했는지도 모른다.

좋아하는 일을 직업으로 삼았을 때 오는 괴리감에 대해서 할 말이 아주 없는 것은 아니다. 오랜 시간이 걸려 내가 만날 수 있었던 시계들은 아주 짧은 시간 동안만 머물다 유유히 내 손목에서 빠져나갔다. 한동안 싸구려 카시오 디지털시계에 점령당했던 내 손목은 더 이상 찰 만한 시계가 하나도 남지 않았을 무

\\\

렵에야 간신히(?) '진정한 시계 애호가의 자유–시계 없음'의 이상적인 빈 손목이 되었다.

첫사랑을 다시 만난다고 과거 그때의 열정이 고스란히 살아날 수 없는 것처럼 내 빈 손목도 이제는 다른 시계를 열렬히 사랑할 수 있을 것 같지 않다. 어떤 사랑도 그때와 같은 열정으로 나눌 수 있을 것 같진 않다. 시절이 지나버린, 한 시절이 지나간, 기쁘게 혹은 힘들게 풀려나온 그는 지금 또 어딘가로 가끔은 비를 맞으며 빈 손목을 차고 있는 손목을 무표정한 표정으로 바라보고 있다. 시계가 있었던 자리만 타지 않아 하얗게 뜬 것처럼 보인다.

여기에 엮인 글들에서 이와 비슷한 표정을 읽을 수 있으면 좋겠다. 한때 누군가와 함께 오랫동안 같은 장소에서 유익한 시간을 보냈지만, 반질반질한 조약돌의 질감만을 남긴 채 마침내 그 용도에서 자유로워진 숱한 사물들의 표정을 발견할 수 있다면 좋겠다. 여기엔 그런 시도들, 애초에 준비도 없이 떠났다가 만났기 때문에 여행지에 그대로 두고 온 주운 우산 같은 사물의 표정을 기억하려는 노력을 담았다.

이 글을 절대 읽지 않을, 내 친애하는 나까마들에게 이 책을 바친다.

I,

레트로와
그
사물들

따뜻한 온기를 품은 빈티지 시계를 통해
당시 사람들의 생활 습관과 사고를 들여다보는 일은 어렵지 않다.
상상력은 지금 여기와는 다른 곳을 바라보았던
사물과 만날 때 시작되기에.

시계 순례의 원칙

시계를 탐험할 때 세운 나름의 원칙이 있다.

우선 브랜드가 앞서야 하고, 브랜드가 희미할 경우에는 브랜드의 과거 전성기를 엿볼 수 있는 기계적인 완성도의 측면이 두드러지거나, 그것도 아니면 형태적 아름다움을 보여주는 모델을 구하는 것이다.

첫째, 시계를 포함한 모든 유명한 브랜드의 신화는 모든 동시대인이 무시할 수 없는 가치를 지닌다. 유명 브랜드는 하위 브랜드에 영향을 미치고 전체 시장을 견인하는 역할을 한다. 둘째, 시계 역사에서 나름 중요한 위치를 차지했던 특정 모델은 애호가의 교양을 돋보이게 할 것이다. 셋째, 아름다움이란 아주 주관적인 영역인데, 문득 어떤 시계가 돋보일 수밖에 없는 충동이란 언제나 종합적인 판단을 거치면 스스로 후퇴하는 부분이 있다. 그 충동이 잠재하는 한 애착이란 형태로도 거느릴 수 있어서 오래 남는 것에서 추론되기 마련이기에 순서상 나중에 고려하는 수밖에 없다. 수집과 애호의 일상은 늘 비이성적 일탈들로 점철되기 마련이니.

때문에 눈앞에 펼쳐진 방대한 시계들의 내력을 알기 위해서는 각 브랜드 나름의 위치와 계보를 파악하는 것이 우선이다.

　가장 쉬운 것도 롤렉스이고 가장 어려운 것도 롤렉스였다. 그것은 분류하기 너무 편하고, 쉽게 줄 세울 수가 있다. 롤렉스 이상의 브랜드들은 시계의 노란 부분은 모조리 금이다. 콤비는 14K 금 혹은 18K 금＋스테인리스스틸이다. 그리하여 노란 부분이 많을수록 비싸다. 가장 어려운 부분은 진품의 여부다. 정교한 가품의 역사는 깊고도 다양했다. 시계 수리공만큼의 정확함과 열정으로 시도되었기 때문이다. 스포츠 모델인 서브마리너(Submariner)의 경우, 과거 일본 구매자들의 수요에 맞춰 베트남이나 태국 같은 동남아 국가에서 오리지널 무브먼트＋가품 케이스, 오리지널 케이스＋가품 베젤, 혹은 가품 다이얼 등등의 조합으로, 오리지널 부품과 가짜 부품들이 혼합된 제품을 정말 많이 만들었다. 때문에, 시곗줄을 포함해 꼼꼼히 따져봐야 한다. 스테인리스 재질 부품은 시간의 특성상 특유의 광을 내며 닳기에, 어느 정도 시간이 흐른 케이스의 경우엔 구분하기가 굉장히 어렵다. 롤렉스의 하위 브랜드였던 튜더(Tudor)는 중고 시장에 나돈 90퍼센트 이상이 가품이었기에 상인들도 쉽게 구분하지 못했다. 롤렉스 콤비로 가장 많이 알려진 데이트저스트 1601의 브레이슬릿은 당시 시장의 50퍼센트 이상이 가품이었다. 따라서 롤렉스는 언제나 진위 파악에 노련한 전문 딜러에게 돌아갈 수밖에 없었다.

한편 시장에서는 롤렉스 하나 가격이면 많은 시계를 거느릴 수 있다. 브랜드 인지도를 잠시 잊고(포기하고) 시계를 본연의 모습으로 파악하려는 비전을 켜야 한다. 이들 각각에 개성을 부여하고 존재 가치를 알기 위해서는 우선 시계 내부——오리지널 무브먼트인지의 여부——를 확인할 수 있을 만큼 시장 상인과 스스럼없는 태도·친목을 유지하는 것이 필수다. 아는 만큼 보인다면, 일단 그 속을 보기 위해 최대한 가까이 접근해야 함은 두말할 필요가 없다.

특히 처음 들어보는 스위스 브랜드의 복잡 시계 부류(크로노그래프나 알람-캘린더 기능이 추가된 바늘이 4개 이상 달린 시계)나, 군용 다이얼이 그려진 시계의 경우, 전자는 그 안에 들어 있는 무브먼트의 석수(17jewels와 같은 무브먼트를 구성하는 휠에 사용되는 인조 루비의 개수)를 확인하고, 후자는 개별 모델에 적용된 케이스나 무브먼트의 특정 각인들을 확인해야만 한다.

원활한 시계 감상을 위해서 몇 가지 전용 공구를 마련하던 때가 기억난다. 빈티지 시계는 크게 두 가지 케이스 타입이 있다. 나사처럼 돌려서 열어야하는 스크류백(Screw-back) 타입과 케이스에 딱 맞는 홈을 가지고 결합된 스냅백(Snap-back) 타입이 있다. 스크류백은 뒷면에 대칭 형태의 작은 홈이 있어서 공구의 끝부분을 눌러 돌려주고, 스냅백은 케이스 틈새에 날카로운 금속 날을 비집어 넣어 지렛대 원리로 들어 올리는 식이다.

공구를 손에 익히기 위해서 치러야 했던 미숙한 시도는 시계 뒷백에 상처와 흠집들을 남겼고, 동시에 내 검지 주변에도 크고 작은 상처를 만들었다. 마침내 시계의 속을 확인한다는 기쁨은 뭐랄까, 시계의 첫인상을 강화해주는 방향으로, 혹은 실망감을 일으키는 방향으로 증폭되었다.

정교한 기계 장치라는 면에서 시계는 남성적인 도구이지만 시계의 심장부인 밸런스 휠의 머리카락보다 가는 헤어스프링의 성실하고도 바지런한 움직임을 보고 있자면 시계의 어원은 여성명사가 아닐까 생각하게 된다. 이 정교한 기계를 어수룩한 초보자가 들여다보는 행위에는 곤충을 가차 없이 으깨는 아이의 미성숙과 비슷한 짜릿함이 있었다. 방학 숙제를 위해 곤충을 채집해 날개와 다리를 뜯어내고 핀으로 찔러 고정하던 아이의 폭력성에, 강철 베일에 가려진 속을 눈으로 확인한다는 관음증이 결합된 묘하게 중독성이 있는 행위였다. 기계식 시계의 아름다움은 겉으로 보이는 것만으론 설명할 수 없는 것이다.

한편으로 개인의 취향에 가장 근접한 아름다운 시계란 다양한 해석의 결과로 나오는데, 가격이 비싸거나 힘들게 구해서, 내가 동경했던 누군가와 관련이 있어서 따위의 이유로 아름다움의 아우라는 강력해지기 때문이다. 한편 누군가는 군용 시계 컬렉션을 꿈꾸고, 누군가는 70년대 말 금박 LED액정 시계나 80년대 디지털시계를 아름답다고 한다. 그저 팔찌 같아서 여성용 칵테일 시계들을 수집하는 사람들도 있고, 보수적인 형태의 논데이트 타임 온리 시계를 찾는 사람도 더러 있다. 아름다움은 경험과 훈련을 통해 강화되고, 마이너한 감성과 밀접히 연관하게 된다.

초보자가 지니기 마련인 치기를 드러내지 않고, 다양한 선택을 해야 한다는 강박에 빠지기 쉬울 것이다. 이는 결국 예산 부족과 알고 싶은 욕구의 부조화로 치닫고 그저 그런 내용도 없는 시계들의 단순 총합으로 귀결된다. 때문에 초보 수집가에게 권하는 실질적인 당부의 말은 이것이다. 섣불리 아름다움을 논하지 말라. 롤렉스를 사라. 예쁜 롤렉스를 사고 다른 건 다 팔아라. 이런저런 빈티지 시계를 백 개 넘게 사고도 돈이 남는다면 롤렉스 신형을 사라. 끝.

시계를 읽어드립니다

시계를 들이고자 하는 당신에게 물어볼 것이 있다.

당신에게 필요한 시계는 무엇인가? 스마트폰과 연동되어 다양한 편의를 제공하는 동시에 스마트기기에 종속되어 알람으로 점철된 디바이스를 필요로 하는가? 아무리 오래된 시계라지만 시간은 정확해야 한다는 고정관념에 빠져 있는가? 손 쓰는 일을 많이 하기 때문에 크고 작은 스크래치나 충격에도 튼튼하게 버티는 작업용 시계를 원하는가? 아니면 옷차림에 따라 달라지는 실루엣과 컬러가 다채로운 모델이 필요한가?

다행히도 이 세상에는 다양한 시계가 존재한다. 그 모든 용도에 맞춘 시계 하나 또한 분명히 존재할 것이다.

빈티지 시계를 판매하는 나에게 좋은 시계란 자명하다.

일단 쉬운 가격, 그리고 가장 중요한 것은 시계가 가지고 있는 라이프스타일을 상상할 수 있어야 한다. 그것을 빈티지 시계의 비전이라고 칭해보자.

옛날 시계라는 것은 옛날 사물과 마찬가지로 그것이 생산되었을 당시의 문화와 정서, 습관과 유행을 적절하게 품고 있다.

즉 그것이 활발하게 팔리던 어떤 장소와 주된 고객들을 적절하게 상상할 수 있어야 한다. 갑자기 상상력을 들먹이는 이유는 이 옛날 시계들은 자기 혼자서는 결코 존재할 수 없기 때문이다. 누군가 그 시계들과 함께 특정 연도의 공기를 마셨고, 일상을 누렸으며, 그 누군가의 용도에 맞게 손목에서 자기 할 일을 해냈었고, 바로 그 사용자에 의해 잊히고 가려졌다가 초심자에게로 전해져 복원된다. 과거의 일상을 잠시 복원시키는 힘, 그것이 빈티지 사물의 기본적인 전제이고 이는 옛 물건에 임하는 마음의 준비를 당연히 요한다.

그렇기에 시계는 각 시절의 특징을 고스란히 담고 있으며, 지금 시계를 고르고 있는 누군가에게 그에 걸맞은 열정과 패션과 마음가짐을 상상하게 만든다.

예를 들어, 증조할아버지로부터 전해온 회중시계가 있다고 하자. 할아버지, 아버지를 거쳐 당신에게 그 시계가 전해졌다면 당신은 매우 안정적인 기반을 가지고 있는 사람이 분명하다. 그 회중시계는 가족의 유산이자 유물로서 관심을 받게 될 것이고, 당신은 그러한 유산을 유지하는 가족공동체의 일원으로서의 의무를 가지게 될 것이다. 그 회중시계는 심지어 고장났을 때도 여유를 획득한다. 시계가 시간을 정확하게 보여주고 그렇지 않고는 별로 중요하지 않다. 상징성을 획득했기 때문이다.

하지만 갑자기 가세가 기운 당신은 그 시계를 팔아 돈을 만들어야할 처지가 된다. 이런 생각이 드는 순간, 이런 유산과 개인적인 기억은 모조리 잊힌다. 순환되는 사물의 소용돌이 속에 진입하면서 저 회중시계는 다시 고유한 물성을 획득해 순전한 교환가치의 장으로 휩쓸려 들어가는 것이다. 우리가 지금 눈앞에서 보고 있는 이 다양한 시계들은 앞의 경우와 꼭 같지는 않겠지만 비슷한 굴레를 걸쳐 여기 도착한 것이다. 이제 당신은 험난한 교환 과정을 통과해 여기 뚝 떨어진 사물들에게 과거의 영화까진 아니더라도, 각자의 상상력을 투사하는 최대한의 예의를 보여야 한다. 그렇게 하지 않는다면 그것은 그저 다이소나 백화점에서 사는 시계에 비해 그저 오래된 옛날 시계, 혹은 중고 시계에 불과하다.

50년대 드레스 워치의 이상

1950년경 제작된 스위스 론진 매뉴얼 와인딩 시계.

로듐 도금된 칼리버 23Z 무브먼트를 사용한 수동 스몰 세컨드 정장용 시계다. 10미크론 골드필드 케이스는 용두 제외 31~32밀리미터 남짓의 아담한 사이즈에 평균적인 품격을 부여하고, 길쭉한 러그의 삐침은 그리 과하지 않게 화려하다.

당시 유행했던 단아한 아라빅(숫자) 양각 다이얼로 짝수를, 뾰족 인덱스로 홀수를 표시하여 좌우대칭을 이루고 있는데, 왜 1-3-5-7이 아닌 12-2-4-6의 순서인가, 하는 의문은 우리의 시선이 가장 먼저 닿는 숫자가 바로 12라는, 그 자연스러운 시선의 순서에 대한 생각으로 이어진다. 아무렴, 짧은 바늘이 12를 두 번 지나면 하루가 다한 것이다. 인덱스 12는 그 아래에 시계 제조사의 로고가 위치한 만큼 시계의 얼굴에서 중요한 부분이다. 전통적인 브랜드 로고와 정통성을 부여하는 특징적인 알파벳 폰트는 시계의 정체성을 확립한다. 매일 보는 거울처럼 착용자의 품격과 지위를 확인하는 것으로, 고급 소비재인 시계의 신뢰성과 착용자의 나르시시즘, 다시 말해 명품의 등급을 나타내고 있는 것이다.

한편 그 대척점인 6시 방향, 숫자 6의 상단은 사라지고 아래 일부만 남았는데, 이는 작은 초침 바늘을 중심으로 형성되는 서브 다이얼의 움푹한 형태를 위해 자발적으로 희생한 것이다. 모름지기 시계란 최대한 얇게 만들어 착용자의 손목과 일체감을 주어야 했기에, 무브먼트를 얇게 만들기 위한 자연스러운 결과가 바로 6시 방향에 자리한 작은 초침, 스몰 세컨드 방식이었다. 지금처럼 초침이 시·분침과 함께 돌아가는 방식은 세계대전을 거치면서 보다 정확하고 신속하게 시간을 읽어야 하는 목적에 부합하기 위해서 개발된 것이다. 합목적적인 시간 보기의 편의성이 사치품으로서의 시계의 품격을 자연스레 압도하게 된 것이다.

세계대전은 모든 것들을 뒤바꿔놓았고 손목 위의 시계도 예외는 아니었다. 그럼에도 일부 보수적인 시계 제조사는 전쟁 전의 전통을 고수하며 스몰 세컨드 시계들을 꾸준히 제작했다. 태엽 소리가 찰캉찰캉 들리는 기계식 시계를 어릴 때부터 보고 자란 아이는 성장한 후에도 늘 보아왔던 아버지 손목 위의 시계를 마음속에 각인하고 있을 것이다. 영화〈펄프 픽션〉의 한물간 복서 부치(브루스 윌리스)가 위기의 순간에도 되찾으러 갈 수밖에 없었던, 어린 시절 아버지(크리스토프 워컨)에게 물려받은 냄새나는(?) 사연이 깃든 집안의 가보 금시계까진 아니어도 말이다.

빈티지 스킨다이버의 스타일

1950년대 중후반 프랑스에서 제작된 케이스, 그 안에는 50~60
년대 초기 자동 무브먼트 중에서 내구성이 뛰어난 편에 속하는
AS 1700/01(17석) 자동 무브먼트가 들어 있다.

삼각형 형태의 12-6-9 아워 마커와 3시 방향 날짜 창은
이런 다이버 워치 다이얼의 원조 격인 미국의 조디악 씨울프
3-6-9 다이얼을 연상시킨다(데이비드 핀처의 영화 제목이자 살인 용
의자로 추정된 인물이 차고 있던 시계 브랜드).

롤렉스 서브마리너를 필두로 다이버 워치가 대중적인 유행

을 타기 시작할 즈음, 날짜 표시가 추가된 범용 스위스 무브먼트와 (신속한 가시성이 목적인) 야광 인덱스 다이얼, 큼직한 시계 바늘을 조합한 다이버 워치가 여러 제조사에서 경쟁적으로 출시되었다. 이는 품질 좋은 방수 케이스의 공급으로 가능해진 일이었다.

중저가 다이버 워치 수요에 맞춰 중소 규모 제조사들이 저마다의 이름을 내세워 시장에 적절히 대응했는데, 위 샘플처럼 넓적하고 투박하고 긴 러그 형태는 다이빙 목적에 적합하도록 실용적인 형태를 갖추고 있다.

장갑 낀 손으로 조작해야 하기 때문에 약간 두툼한 용두, 잠수복을 입고 차기 때문에 다소 긴 나일론이나 러버 스트랩, 마찰감을 최소화시킨 적당히 휘어진 베젤. 이와 비슷한 형태로 일본의 세이코는 그들의 첫 다이버 워치 62mas를 만들었다.

이 당시 스킨다이버 모델들이 가장 중점에 두었던 부분은 저마다 개성적인 형태의 바늘과 인덱스 구성이었다. 소비자들에게 보편적인 케이스나 무브먼트 등의 보이지 않는 부분보다는 유명 브랜드 시계와 비슷한, 최대한 기시감을 주는 화장법이 필수적이었던 것.

가장 쓰임이 잦은 세모 장식에 형광 물질을 가득 채운 분침, 이에 비해 상대적으로 작은 시침, 그리고 동그란 장식이 달린 초침. 시인성에 민감한 다이버 워치의 목적에 맞췄지만 나름의 차별화를 추구했달까?

제조사의 지명도가 떨어지면 외모적인 면에 치중함은 예나 지금이나 다르지 않다. 착용감도 굉장히 무난해서 지금의 시계들보다 손목에 감기는 맛이 좋다.

긴 시간 풍화작용을 거친 만질만질한 50년대 스틸 강의 질감을 느껴보는 흔치 않은 기회도 제공한다. 따뜻한 온기를 품은 빈티지 시계를 통해 당시 사람들의 생활 습관과 사고를 들여다보는 일은 어렵지 않다. 상상력은 지금 여기와는 다른 곳을 바라보았던 사물과 만날 때 시작되기에.

예측 불가능한 미래보단 이미 굳어져 견고한 기계적인 장치들에 대한 애호가 나쁜 것만은 아닌 것이, 각종 실패한 전략의 난무와 전횡, 착종과 혼성모방이 현실의 일면을 떠올리게 하기 때문이다.

옛날 시계들이 가지고 있던 비전은 그 모든 게 조금은 무뎌지고 먼지가 묻어 오아시스처럼 다소 비정치적인 환상 속으로 우리를 데려간다. 그 무대에 물은 없지만, 갈증을 채워줄 기계적 선험성과 무엇보다 오리지널한 형태가 뚜렷하게 존재하고 있다.

수줍은 사이즈의 50년대 군용 시계

검은 바탕에 말라붙은 야광 도료가 칠해진 아라빅 인덱스로 보아 이차대전 직후, 1950년 초 제품임을 알 수 있는 스위스 미도의 멀티포트 범퍼 자동 시계.

수동에서 자동으로 넘어가는 과도기적 무브먼트인지라 파워 리저브 효율이 다소 떨어질 수 있기 때문에 동시에 손으로 감아 밥을 줄 수 있게끔 한 큼직한 용두가 재밌다. 한편으론 군용 시계 스타일의 연장이기도 하다. 추운 겨울에 장갑 낀 뭉툭한 손으로 조작하기에 편리한 큰 용두.

원형이 아닌 완만한 육각의 두툼한 스틸 베젤. 스테인리스 스틸이란 이름이 두루 사용되기 전 1950년대의 러스틀리스스틸로 표기되어 있고 이런 옛 스틸을 사용한 시계에서 보이는 고유의 은은한 표면 광이 따뜻한 빈티지 감성을 자극한다. 손목에 차고 있으면 왠지 착용자의 체온을 더 빨리 흡수할 것처럼 느껴진다.

크기는 1950년대 시계들이 그러하듯 수줍은 사이즈로 27.5밀리미터이다. 당시만 해도 신사는 포켓 워치를 사용했고, 일부 상류층의 여성들만 손목시계를 향유했다. 손목에 두르면 빨리 시간을 확인할 수 있다는 용이함 때문에 군인들의 시계는 손목시계로 제작되었는데, 여성용 사이즈가 계속 이용되었던 터라 이 시대의 군용 시계들 중에는 작고 수줍은 사이즈의 시계들이 더러 눈에 띈다.

굉장히 단단하고 밀도 높은 완성도와 예스러움을 겸비한 시계이다.

미국에서 제조한 16밀리미터 스프링 밴드는 지금의 기준에선 다소 얇고 여성스러운 곡선이 강조되어 군용 시계라는 필드 이미지에 실용성과 아기자기함을 부여하고 있다.

세이코 슬림 LCD 디지털시계

사람의 지각이란 너무도 신기한 것이, 혹은 시계 디자인이란 원래가 태생적으로 보수적인 전통이 압도하는 영역인 건지, 1980년에 이러한 시계가 보통의 바늘 달린 아날로그시계들과 같이 진열되어 있을 때, 우리는 이것이 새로운 쿼츠-디지털 디스플레이라는 것을 알아차리지 못하고, 그저 손목시계라는 연속성을 가지고 있는 시계의 한 종류로 받아들인다.

한편 금장 케이스와 짙은 브라운 유리 베젤, 그리고 얇은 두께감 때문에 마땅히 이 시계는 가격이 좀 나갈 것이란 인상을 준다. 개인적으로, 새로운 시계라는 이상을 기존의 스노비즘에 비추어 무난하게 굴복시킨 제조팀 선임 기술 고문의 머릿속에 들어가, 새로운 엔진이 사용된 신형 자동차를 제작할 때와 비슷했을 그 생각들을 죽 따라가 보고 싶은 충동을 느낀다.

그것은 일반 대중의 눈높이와 기대감을 배신하지 않고 새로운 기준과 척도를 제시하면서도 과거의 시계들도 주눅 들지 않게 하는 방식이다. 보수적인 기존의 시계에 대한 존중과 동시에 80년대식 쿨함의 정점을 보여주는 디지털 드레스 워치이다.

디지털시계 제조 완숙기의 제조사의 자부심과 비전을 엿볼 수 있는 중요한 참조물. 품질 좋은 가죽 스트랩을 달아서 한 번쯤 손목에 차보고 싶은 그런 충동을 불러일으킨다.

최선의 애매함

묘한 기시감을 연주하고 있는 80년대 일본산 오리엔트 트럼펫 여성용 목걸이 시계.

정교한 만듦새에 더해 작지만 태엽을 감아주는 수동 시계라는 점이 꽤나 신경 쓴 공산품임을 강조하고 있다.

목걸이용 펜던트로 만들어졌기에 금장 목걸이 줄을 구해 달아보지만, 막상 누구에게 주어야 할지 고민된다.

형태에서 두드러진 키치감과 허영심. 80년대 중반 버블 경제의 붕 뜬 공기 속의 순진무구하고도 가벼운 정서는 이제 싹

가셔버렸고, 명백한 귀여움과 아련함만이 비슷한 또래의 고장 난 시계들 사이에서 빛을 내고 있다. 악기의 형태로 부풀린, 낡은 융단으로 속을 바른 빈 악기 케이스처럼 남아 있다.

정작 트럼펫을 불어 흥을 돋워주었던 그 시절 악사들은 어디로 갔을까? 악기 케이스만 남긴 채 거품이 꺼진 차가운 바닷속으로 가라앉았을까? 마치, 타이태닉호가 침몰하는 순간까지 연주를 그치지 않았던 바이올린 연주자들처럼. 그 시절 최선을 다해 만들어진 그 형태 때문에 선택할 가능성이 높고 버려질 가능성은 낮지만, 그렇기 때문에 더 애매한 트럼펫 펜던트 시계.

시계, 비, 태엽 감는 소리

비 오는 날이면 두꺼운 진열장 유리 아래 시계들이 빗방울에 확대되어 을씨년스러움을 더한다. 태엽을 감기 전까진 차가운 쇳덩이에 불과하기에 더욱 그러하다. 빨리 손목 위에 놓고 드르륵 용두를 감는 응급처치로 살려내야 할 것 같다.

단정한 다이얼, 보수적인 금속 바늘이 돌아가며 간소한 인덱스 마커를 점잖게 지나가는 상상 속의 움직임이 우산을 때리는 빗소리보다 더 크게 환청으로 들린다.

기계적 물신주의까지는 아니어도, 시계를 자주 보다 보면 시계의 한 가지 표정을 비밀 섞인 느낌으로 바라볼 때가 있다. 비가 오는 날이면 이런 감정은 더 내밀해진다. 그 감정들을 몰래 비밀처럼 털어놓고 싶다. 영화 〈화양연화〉에서 양조위가 허물어져 가는 앙코르와트 유적의 벽에 뚫린 구멍에 대고 뭔가 속삭였던 것처럼. 실연의 감정이나 아버지에 대한 원망, 친구에 대한 질투심, 풀리지 않는 욕구들을 저 돌아가는 초침 바늘에 대고 소곤소곤 이야기할 것만 같다.

그래서 비가 오는 날에는 셔츠 소매 안으로 시계를 꽁꽁 숨긴 채 처마 아래서만 조심스레 시간을 확인하고, 고작 지름 30밀리미터 미만의 다이얼을 변치 않은 시간의 축소된 지형으로 여기며, 변덕스레 파인 물웅덩이를 피해 젖은 아스팔트의 도시를 건널 수 있다.

"안심하고 건너가세요. 심장박동 소리도 어떨 땐 감추고 싶지 않나요?"

우리가 원할 때, 태엽이 감긴 만큼만 움직이는 옛 시계들은 말한다. 부러 시간을 내서 찾아와도 좋다고. 기꺼이 위안을 받으라고.

밤은 다가오고 비는 그칠 줄을 모른다. 진열장 안에서 빛을 받지 못하고 차갑게 식어 있는 시계들은 유일한 확실성으로, 움직일 수 있다는 가능성 하나만으로 누군가의 선택을 기다린다. 태엽이 감기면 곧장 기계적인 마찰과 탄성만으로 세상을, 시계를 찬 이의 감정을, 하루의 시작을 함께할 준비를 이미 오래전

에 마친 것 같다. 그것은 숙련된 환상이자 습관이고 작은 편의
에 불과하지만, 당신 주변에 이처럼 변치 않고 째깍거리는 무언
가가 또 있는가?

이렇게 나는 중산층으로 진입합니다

일본 워치메이킹의 참 놀라운 점은, 스노비즘과 프티부르주아적 충동을 시계로 포장해, '모던 클래식'이란 말도 안 되는 시계 카테고리로 그럴싸하게 담아낸다는 점이다. 이런 야릇하면서도 아기자기한 느낌을 자아내는 시계는 브랜드와는 무관하게 그런 시계를 선택하고 차고 있는 사람의 욕망과 태도에 대해 많은 것을 시사해준다.

세이코의 하위 브랜드 알바(Alba)의 일본 내수용 캐주얼 라인 어반 여성용 쿼츠시계와 버블 경제 호황으로 프랑스에 로열티를 크게 지불하고 제작된 찰스 주르당 쿼츠시계. 둘 다 차분한 로만 인덱스를 사용했는데, 어반은 초침이 있어 활동성이 강조되고, 찰스 주르당은 시·분침만 있는 타임 온리로 두 배 정도 비싼 만큼의 보수적인 감각을 보여준다.

시계는 단지 시간만 보여주진 않는다. 착용자의 욕망이 적극적으로 연출되어 보는 사람의 눈에 훤히 비치기를 원한다. 작은 다이얼의 미네랄 글라스를 투과하여 세련된 초침의 움직임과 함께 반사되기를 염원한다. 그런 모습으로 시계는 현대의 복식에도 스며들어 있다. 디자이너 안경을 선택하는 착용자의 욕망처럼.

'클래식 캐주얼'처럼 '모던 클래식'도 말도 안 되는 조어이지만 일본의 이러한 시계 감각들을 적극 추종하고 카피해 90년대 금은방 진열장 안에 번쩍이며 진열된 우리네 드레스 워치의 풍경은 그 허술한 만듦새는 차치하고도 두 배는 더 과장되고, 키치적이고, 한심하다. 그런 뉘앙스와 기분들은 꽤 오래 이런 시계들과 함께 남는다. 잔여물들, 배터리가 없어 정지된 후에도 길게 가시지 않는 시계와 한참을 남게 되는 짙은 잔여물들……

당신은 지금 중산층의 문턱을 넘고 있다. 과연?

오리엔트 위클리 오토의 멜랑콜리

거칠게 말해 오리엔트 위클리 오토 21석 자동 손목시계는 발에 차일만큼 흔해 소장 가치나 장점을 꼽기 매우 힘들다.

세이코의 저가 라인 세이코 5시리즈에 대한 오리엔트의 응답으로 선보인, 불특정 다수를 위한 대량생산 라인에 속하기 때문이기도 하지만, 일본 제조 오리엔트를 제외한 국내 조립 오리엔트는 비슷비슷 뭉툭한 케이스 디자인과 거친 바늘 형태의 조합, 심심하고 밋밋한 다이얼 배치 때문에 한심하단 생각과 더불어 기억에서 말끔히 휘발되는 외양을 띠고 있다. 디자인이 이렇

게 형편없는 제품이 출시되는 데는 여러 이유가 있다.

　70년대 말 80년대 초 국민소득이 급증하고 누구나 자신이 중산층이라고 생각하던 시절, 새로 지어진 신식 주택에는 목재로 마감된 거실이 있었고, 거실의 벽시계는 반듯한 어항, 중동에서 시커멓게 타서 돌아온 삼촌이 선물해준 일제 소니 전축과 함께 중산층 생활의 필수품으로 인식되었다. 손목시계에 대한 수요 또한 증가해서 당시 예지동 시계 도매상 말로는 "공장에서 물건을 서로 받으려고 안달이었다"고 한다.

그때는 "시계처럼 생긴 시계"라면 무조건 판로가 보장되었다. 이런 열풍은 당시 신식 시계였던 쿼츠시계와 트랜지스터 방식의 기존 벽시계와, 안정된 대량생산 라인을 갖춘 중저가 기계식 자동 시계 수요의 급증을 낳았다. 누구나 필요로 하기 때문에 손쉽게 만들어 팔았던 그 시절의 시계들.

특히 시티즌의 미요타 8200번대, 세이코의 7000번대, 그리고 오리엔트의 1431번대 자동기계들은 안정적인 기술력과 대량생산에 적합한 스펙을 갖추었고, 비싼 완제품 수입보단 일단 기계만 들여와 국내에서 조립해 파는 게 비용이 덜 들었을 것이라 추측된다. 마침 오리엔트는 비교적 오래전에 로열티를 지불하고 일제 무브먼트＋국내 케이스 조립 형태로 오랫동안 판매되기도 했었다.

그러한 역사를 거쳐 경남 마산 구도심 어느 눅눅한 시계 진열장에서 나뒹굴던 그 시절 오리엔트는 이런저런 시계 뭉텅이에 섞여 제 가격도 알지 못한 채 덤의 덤으로 여기에 도착했다. 이 글이 끝나면 곧장 서랍 안으로 직행할지도. 흔들어주면 그래도 나 아직 살아 있다고 힘차게 말하지만.

두 번째 사진은 이 시계의 뒷면 양각 각인을 확대한 것. 일본판 오리엔트의 희귀한 빈티지 라인 중 하나인 오리엔트 스타 스위머 라인에서 볼 수 있는 인상적인 다이버 캐리커쳐이다. 그야말로 속성 적용이라고 볼 수 있는 그런 조야한 모습.

머리 부분이 어색하고 담요를 몸에 감은 듯 움직임이 둔해

보이는 다이버. 그가 들고 있는 작살에는 고구마 같은 물고기가 몇 마리 이미 꽂혀 있어서 그의 직업이 해녀와 비슷한 게 아닐까 추측된다. 혹은 다이빙 장비의 효율을 홀로 실험해보고 싶었던 잠수부가 아닐까? 그는 아마 바다 속에서도 육지에서도 고독한 성격의 소유자일 것이다. 다른 시계들에 대해선 아무것도 모르기 때문에 지금 차고 있는 시계가 유일한 세상의 전부인 것처럼, 이 소중한 자유로움에 암묵적인 동의를 구하는 자의 황홀한 고독을 은근한 터치로 표현하고 있다.

문득, 아름다움이란 묵묵한 자기주장 같다는 생각도 든다. 지금은 아무도 관심 없는 과거의 사물들, 뒤따르는 공산품의 물결에 밀려 재빨리 자취를 감춘 무수히 많은 시계들이 고독한 다이버처럼 망망대해를 떠돌고 있다. 가끔 서랍 속에서 이런 시계들이 병 속의 편지처럼 메시지를 보내온다. 바다의 포말이 아니라 끈적한 인간의 염분을 다시 한번 느껴보고 싶다는 듯, 눈물 없인 읽을 수 없는 심해에서의 구구절절한 사연들이 시계 앞뒷면에 빼곡히 적혀 금방이라도 유리 밖으로 쏟아져 나올 것 같다.

수집가의 성배, 세이코 스피드마스터

리들리 스콧이 창조한 SF 걸작 〈에일리언〉 후속작으로, 여전사
로 거듭난 리플리(시고니 위버)의 캐릭터가 더욱 강조된 제임스
캐머런의 〈에일리언2〉에서 리플리가 차고 나온 세이코 주지아
로 스피드마스터 쿼츠 크로노그래프를 3년 만에 구했다.

　당대 최고의 산업디자이너 조르제토 주지아로는 1986년 개
봉한 이 영화를 위해 당시 세이코의 자랑이었던 최초의 쿼츠 크
로노그래프 무브먼트 7A38을 기반으로 여전사 리플리의 캐릭
터에 부합하는 시계를 디자인했다. 도구적인 느낌의 비대칭 형

태에 정교한 계기판 같은 투톤 이너 다이얼이 전문성과 이지적인 미래 감각을 효과적으로 전달한다.

2016년에 이 주지아로 모델들이 복각되어 한정판으로 판매되었지만, 오리지널 빈티지 주지아로의 가격대는 여전히 고공행진을 이어가고 있다. 버블 호황기를 지나면서 세이코의 첨단 시계들은 007 시리즈의 제임스 본드를 비롯해 유명 배우들의 손목을 장식하며 꾸준히 세계적인 인지도를 얻어 왔다. 인터넷 발달이 전 세계 컬렉터들에게 아이코닉한 액션영화들에서 나왔던 시계들의 레퍼런스를 제공하면서, 세이코의 80년대 쿼츠 크로노그래프 및 아날로그-디지털 디스플레이 모델들은 2000년대 후반부터 높은 중고 가치를 형성하고 있다. 주지아로 스피드마스터는 아널드 슈워제네거가 영화⟨코만도⟩에서 차고 나왔던 아나디지 타입의 아니(Arnie) 모델과 함께 80년대 세이코 쿼츠 스포츠 라인을 대표하는, 컬렉터들에겐 성배로 추앙받는 희귀한 모델이다.

카시오의 80년대 레트로 디지털시계들이 전문성을 지닌 프로페셔널과 마니악한 성향을 내재한 너드의 캐릭터를 아울렀다면, 세이코의 80년대 시계들은 영웅, 전사 등의 인간을 벗어난 레벨을 지닌 슈퍼 캐릭터와 융합되면서 대표적인 두 일본 브랜드의 레트로 감성은 확연한 온도 차를 보이고 있다.

리플리를 괴롭히는 우둔함

심리 스릴러의 대가 퍼트리샤 하이스미스의 대표작 리플리 시리즈 중 5번째 권《심연의 리플리》에서 리플리를 곤경에 몰아넣기 위해 갖은 노력을 다하는 미국인 캐릭터가 차고 있는, 리플리의 슬릭한 파텍 필립과 대비되면서 우둔하고 섬세하지 못한 미국인을 비난하는 뉘앙스를 강하게 풍겼던 오메가 시계.

가죽 밴드가 아닌 실용성이 강조된 미국 제조 스프링 밴드와 1960년대식 1/20미크론 골드 필드 케이스를 가진 미디움 사이즈의 드레스 워치로 상상이 되는, 정확히 같은 모델은 아니지만 비슷한 느낌이 나는 오메가 수동 시계를 구했다.

그 시절 호황을 증명하듯 과시적으로 아주 두껍게 금을 입혀 금시계 특유의 둔탁한 실루엣이 느껴진다. 시계 자체도 스위스 제조 오메가가 아닌, 오메가 무브먼트를 수입해 미국 소비자들에게 어필할 수 있는 다소 촌스러운 다이얼과 신경을 쓰다 만 듯한 시곗바늘을 조합한 미국 제조 케이스이다. 완성품 시계 수입관세가 높았던 시절엔 흔했던 조합이다.

열등감과 허영심 때문에 첫 살인을 저지른 후 톰 리플리는 현재의 결혼 생활이 주는 정신적·물질적 풍요 속에 안주하는 듯 보이지만, 늘 새로운 상황에 민감하게 반응하며 지금 상황을 거스르는 요소를 강하게 배제할 마음의 준비를 하고 있는 히스테리컬한 인물이다. 필요할 때는 방해되는 인물들을 완전범죄로 냉정하게 제거하는 솜씨 좋은 살인자이기도 하다. 반사회적 인격 장애를 뜻하는 리플리증후군이라는 용어를 유래한 불안한 내면의 소유자 리플리는 뛰어난 감식안과 교양을 지닌 자로도 표현되고 있다.

때문에 파텍 필립 칼라트라바가 무척이나 어울릴 것 같다. 돈만 있으면 누구나 접근이 가능했던 오메가를 차고 있을 부정적인 미국의 일면을 대변하는 캐릭터와의 대결 구도는…… 뭐 결과야 뻔하지만, 그 과정만큼은 정말 흥미진진하다.

이례적인 바람 회피용 선물은 카르티에 탱크

월요일, 가게에 앉아 책장에 꽂힌 책들을 살펴보다가 제임스 설터의 《어젯밤》에 실린 〈포기〉라는 단편을 읽었다. 소설에는 카르티에의 대표적인 드레스 워치 머스트 드 탱크(Must de tank)에 대한 묘사가 나온다.

> 로마 숫자가 새겨진 아주 얇고 네모난 손목시계였다. 태엽을 감는 곳에 푸른색 작은 보석이 박혀 있었는데 내 생각에 투르말린인 것 같았다. 케이스에 들어 있는 새 시계보다 아름다운 건 세상에 그리 많지 않다.
>
> ―제임스 설터, 《어젯밤》, 박상미 옮김, 마음산책, 2010, 98쪽

투르말린은 속이 투명하게 비치는 원석을 지칭하는데, 카르티에 머스트 드 탱크의 용두는 투르말린 원석으로 장식되어 있고, 특유의 카보송 커트 가공으로 둥근 마무리가 특징이다. 대중적으로 가장 유명한 클래식 카르티에 시계가 아닐까 싶다.

한편, 〈포기〉에서는 작중 화자가 '절대 포기할 수 없음'에

대한 대가로(?) 이제 막 서른한 살이 된 아내 안나에게 주는 생일 선물로 사용되고 있다. '절대 포기할 수 없음'은 나중에 밝혀지는 화자 잭의 동성애 성향을 뜻하고, 이를 은폐하기 위해 선물한 카르티에 시계는 "시간과 유행이 지나도 변치 않은 우아함"이란 일종의 기만적 의미를 담고 있다.

잭은 아내와 동성애 애인 중 어느 하나를 포기할 시점에 놓이고, 결국 사랑-모험보다는 중산층 가정의 안위를 택한다. 결국 저 카르티에로 가장하려고 했던 안나의 취향, 변치 않는 우아함에 일단 더 기대기로 한 것이다.

이렇듯, 아무 문제없어 보이는 중산층 가정의 위기를 무신경하고 이기적인 중년 남자의 속물적 취향에 대한 풍자로 깔끔하게 묘사하고 있는 단편에서 카르티에 시계는 상당히 양가적인 의미로 사용되고 있다. 사실 명품 시계 하나로 해결될 수 있는 일만 일어난다면 인생은 그리 복잡하지 않을 것이다. 잭이 안나의 간곡한 부탁을 들어서 애인을 포기했지만, 카르티에 시계가 보장하는 우아한 가정이 영원히 지속될 수는 없을 것이다. 설터는 인간에 대한 믿음이 크지 않아 보인다. 인간의 복잡다단한 취향과 그 관계에 대해 냉정한 태도를 잃지 않는다. 하여튼, 이 단편의 원제는 'Give'이다. 카르티에 시계 선물을 주고(give), 상대방을 기만하고자 한 속물은 결국 애인을 단념(give-up)하게 되는 어떤 실패한 취향에 관한 이야기로 봐도 무방할 것이다.

극작가의 손목시계

꽁꽁 언 손을 따뜻한 커피 잔에 대고 녹이면서 방금 사 온 책을 살펴보다 청하에서 나왔던 《이현화 희곡집-0.917》의 날개 사진을 본다.

두 가지가 흥미롭다.

작가 이현화의 손목에 걸려 있는 전형적인 70년대 자동 시계의 실루엣과 새 담배에 피우던 담배 끝을 대서 불을 당기는 자연스러운 손동작.

시곗바늘은 여덟 시 이십삼 분을 가리키고 있고, 브랜드는 희미하지만 매끄럽게 돌출된 데이-데이트 창과 일자 바늘이 70년대 세이코나 오리엔트 같은 주류 기계식 시계 양식을 따른 시계임을 알려준다. 두툼한 케이스는 자동 무브먼트가 들어 있음을, 헌 담배를 쥐고 있는 손목의 약간 처진 듯한 느낌은 이 시계와 시곗줄이 일체형이고 스테인리스스틸 재질임을 말해준다.

그는 작업 중에 잠시 휴식을 취하는 것인가, 혹은 사진가의 카메라가 있는 쪽의 누군가와 대화를 나누는 중인가? 사진 끄트머리에 맥주가 든 유리잔이 보인다.

잠시 새 담배를 물어 연기를 한 번 뱉어낸 그는 이 대화가 어떤 방향으로 이어질지 집중하는 것이다. 한편 테이블에서 멀리에 자리한 라이터를 찾아 팔을 뻗지 않고 가까운 담뱃갑에서 한 가치 빼서 불을 붙이는 동작은 작가들 특유의 나르시시즘의 일면을 보여준다. 그것은 계속 흡연 상태를 유지하며 이어가고자 하는 어떤 마음의 상태를 강조한다. 동시에 이는 활발하게 생각의 흐름을 이어가고자 하는 노력과, 잠깐만이라도 혼자 있고 싶은 마음을 보여준다. 아무렴, 담배를 집어 든 순간이란 이렇게 묘사되고 존재한다. 이미 니코틴은 충분히 연기와 함께 들이마셔 정신은 말짱해졌고 이제 필요한 것은 그것이 천천히 몸속으로 빨려 들어가는 순간이다. 지금 이 순간이 지나고 작은 동의와 묵음의 시간이 흐르고 나면 또 원고지가 놓인 책상에 앉아 작은 전등불에 의지한 고독을 갈구하게 될 것이다.

커피 자국 가득한 누런 원고지 표지를 넘겨 닳은 펜촉을 집어 든 그는 새로운 문단 또는 쓸 만한 대사의 첫 단어를 정했으며 그 뒤로 몇 개의 씬이 구성되어 움직이고 있다. 그때 저 시계는 잠시 벗겨져 책상 위에 아무렇게나 던져지겠지.

　이렇게 쓰는 동안 테이크아웃 종이컵 속 커피는 차가워졌지만, 열대야의 습한 골방을 상상하는 동안 몸은 충분히 나른해졌다.

파르티잔과 이병주의 월섬

소설가 이병주의《스페인 내전의 비극》을 재미있게 읽고 있다. 젊음의 기록이며 민족 분단의 아픔과 경탄의 기록이다. 일어를 비롯한 여러 언어에 능통한 화자가 1980년대 스페인을 취재하며 역사와 현재를 면밀히 다루고 있다. 그의 청소년기를 관통했던 스페인 내전의 진행 과정을 기록한 서두의 메모도 매우 흥미롭다. 짧은 분량이 아쉬울 지경이다.

4장에는 진주에서 피란 도중 인민군을 만나 손목시계를 풀어주며 목숨을 부지한 경험을 회상하는 장면이 등장한다.

> 내 시계를 담보로 할 테니까 나를 놓아주시오. (…)
>
> 이 시계는 올섬이란 고급 시계요. 내겐 큰 재산이오.
>
> 이런 재산을 내가 포기하겠소?
>
> _이병주,《스페인 내전의 비극》, 바이북스, 2013, 104쪽.

올섬은 Waltham, 미국의 유명한 시계 및 회중시계 메이커로 1940년대 해밀턴, 부로바, 엘진 등과 함께 미국 시계의 전성기를 이끌던 브랜드 중 하나다.

시계를 보지 않아도 그것은 10K 금을 얇게 바른 골드필드 사각 쿠션 케이스에 아라빅 인덱스, 그리고 6시 방향에 서브 세컨드가 달린 형태로, 시계의 플라스틱 글라스에는 생사의 고락을 함께한 흔적인 스크래치가 나 있고, 땀에 절은 소가죽 스트랩에는 젊은 이병주의 체취가 묻어 있었을 것이다. 아마도 일본 유학 시절에 구입했을 월섬 시계.

귀중품이자 환금성 높은 사치재인 시계는 영화나 소설에서 다급한 상황에 놓인 주인공의 숨통을 잠시 틔워주는 소재로 자주 사용된다. 대개는 한 푼이라도 더 받고자 흥정을 하지만, 이병주에게 흥정의 여지는 없다. 만약 그 인민군이 이병주의 간곡한 부탁이 담긴 월섬을 보고 코웃음을 치며 군복 소매를 당겨 자기 손목의 롤렉스를 보여줬다면, 아마 애초에 이 이야기는 시작되지 않았을 것이다. 이 에피소드는 월섬이란 고급 시계의 설득력을 반증해주고 있기에 꽤나 전형적이다. 지어냈다고 해도 될 만큼 클리셰다. 문득, 당시 앳되고 젊었을 저 인민군 소년의 시계 수집가로서의 생애와 편력이 월섬 이후에도 지속되었는지 궁금하다. 목숨과 바꾼 시계, 목숨을 구해준 사물을 통해 저 야만의 시대를 생각하며 상념에 잠기는 것도 클리셰이긴 하다. 그래서 나는 저 인민군이 어떤 시계를 몇 개나 더 가지고 있는지가 궁금해지는 것이다.

70년대식

세이코 타입투 쿼츠. 발매 시기는 1976년.

당시 월급쟁이 기본급의 두 배 정도 되는 2만 엔에 팔렸던, 당시로는 획기적인 '+-15초/월'의 정확도를 기록한 시계다.

그러니깐 요즘의 일반적인 아날로그시계의 1초에 한 번씩 움직이는 초침 시계의 조상격인 모델이다.

세이코는 60년대 이후의 기계식 시계 디자인에서 크게 벗어나지 않은 쿼츠 아날로그시계를 정착시킨다. 3시 방향의 요일-일 창을 쿼츠 라인에서도 이어가며, 최대한 같은 규격의 드레시하면서도 투박한 70년대식 워치메이킹을 계속한다.

　세이코 오토매틱 시계를 상징하는 겹친 물결무늬 로고 대신 허니컴 엠블럼이 양각으로 박힌 6시 방향의 새로운 로고는 쿼츠의 고급스런 자긍심을 대변한다.

　무엇보다 일 초에 한 번씩 움직이는 쿼츠 무브먼트를 통해 어떻게 시각으로 시간을 확인할 수 있게 구현했는지가 궁금해진다.

　다이얼 색상은 은근한 초록과 은색 질감을 반복해서 수직선 형태로 겹쳐지게 만드는 모던한 그라디언트 형태를 취하고 있으며, 이전 시계들의 단순한 일자형 인덱스와 바늘 조합을 인덱스의 일부만을 흰색 무광 도료로 칠해서 입체감을 더했다. 부드러운 초침의 움직임이 아닌 한 칸씩 초 단위로 움직이는 바늘의 움직임이 입체적인 컬러 다이얼과 함께 불러일으키는, 시간을 효과적으로 이미지텔링하는 방식은 무수한 임상 조합 실험의 성공적인 결과로 보인다.

　25밀리미터 내외의 반경에서 시계를 보는 순간의 시선이 다이얼과 만나 시간의 흐름을 읽게 되는 1초도 안 되는 짧은 비전은 쿼츠 무브먼트의 딱딱 끊어지는 움직임 때문에 자칫 정지하고 있는 시계를 보고 있는 듯한 착각을 불러일으킨다. 때문에 배경인 다이얼의 컬러풀하고 보다 입체적인 모양과 밝은 색의 스케일(인덱스 사이의 작은 눈금)은 정지한 바늘이 위치한 순간을 빠르게 인식시켜주기에 적절한 해석처럼 보인다.

그러해서 시계를 좋아하는 우리들은 월요일엔 정신없이 집을 나서느라 빈 손목을, 화요일엔 정신 차리고 정확한 세이코의 타입투 같은 초기형 쿼츠시계를, 수요일엔 빨간 장미와 세이코나 시티즌의 수동 시계를, 목요일엔 밥을 주기 귀찮으니 자동 무브먼트 시계를, 금요일엔 왠지 해방되고 싶은 마음에 다시 빈 손목을, 그리고 주말엔 간편하게 디지털 눈금이 그려진 그런 시계를 꿈꾸는 것이다.

시간을 염두에 두고 있지만, 시계를 보는 짧은 순간의 환상성으로부터 도피하고 싶으면서도 동시에 여전히 밀착되고 싶은 것이다. 바로 이 짧은 환상과 간절한 일상성이란 이중적인 성격 때문에 시계는 누군가에겐 열렬히 선호되는 반면 굳이 찰 필요가 없는 것으로 치부되기도 한다. 마치 아무도 읽지 않지만 누구나 다 언급하고 싶은 제목만 유명한 책처럼.

코엔은 월섬을 좋아해

코엔 형제의 2016년 영화 〈헤일, 시저!〉에는 두 월섬 시계가
등장한다. 하나는 조시 브롤린이 연기한 할리우드 베테랑 프로
듀서 에디 매닉스가 차고 나오는 1920~1930년대 아르데코 스
타일의 팔각 베젤을 두른 서브 세컨드에 클래식한 아라빅 인덱
스 단 시계. 이 시계는 그가 고해성사하면서 마지막으로 고해
성사한 지 얼마나 되었습니까? 라는 신부의 물음 뒤에 클로즈
업 된다.

　두 번째 시계는 현란한 뮤지컬 연기와 춤 실력을 뽐내는 재

능 있는 배우 채닝 테이텀이 연기한 게이 공산주의자 캐릭터 버트가 자신의 애견 엥겔스(!)와 함께 소련 잠수정에 올라타는 장면에서 클로즈업된다. 빨간색 물결무늬의 60년대 이후 월섬의 로고가 보이는 시계로, 영화의 시간적 배경인 1950년대와는 잘 맞지 않지만, 뭐랄까 섹시한 간첩 이미지와는 잘 어울린다. 하여튼 월섬은 미국의 좋은 시절을 대표하는 훌륭한 시계 브랜드로, 부로바(Bulova)와 함께 중산층 이상이 향유했으며 동시대를 배경으로 하는 영화에 자주 등장한다. 관리자나 화이트칼라는 월섬 부로바 등의 가죽 스트랩 매치, 블루칼라나 하위계층은 빛바랜 스프링 밴드가 달린 벤러스 같은 브랜드가 계급을 대변한다. 조시 브롤린은 영화에서 또 다른 아메리칸 탱크 스타일의 길쭉한 시계도 차고 나온다.

영화 〈헤일, 시저!〉는 1950년대 매카시즘 광풍 아래에 놓인 전성기 할리우드를 배경으로, 영화 산업의 음모와 제작자의 정신없이 분주한 일상을 다루면서, 예수의 일생을 그리는 영화의 주인공인 조지 클루니가 납치되는 소동을 다룬다. 코엔 형제 특유의 풍부한 디테일과 발랄한 주인공들, 그리고 상징적인 미장센으로 황금기 할리우드의 정서와 정치적으로 미묘한 상황을 부드럽게 어루만진다. 익숙한 재료들을 새로운 방식으로 조리해 먹기 좋게 식탁에 배치하는 장인의 솜씨는 여전하다.

오리엔트 또는 민주주의의 전성기

"오리엔트가 상당했지. 그때 내가 저기 저 초록색 문자판 시곌 갖다주고 일 년 간 예비군훈련을 면제받았지. 상당히 좋아하더라고, 대학생들이 하나씩 다 차고 다니고…… 오리엔트라면 다 좋아했어." 만물전자 사장님이 말씀하셨다.

로열티를 주고 일본에서 무브먼트만 가져와 케이싱해서 국내에 판매하던 오리엔트 주식회사. 80년대 중반까지 부동의 국내 판매 1위 회사. 지금 국내에서 볼 수 있는 오리엔트 시계의 90퍼센트 이상이 국내 제작이다.

국산 오리엔트.

엄청나게 못생긴 투박한 케이스, 투박한 시곗줄, 두툼한 유리, 에누리 없이 성급하게 꽂아놓은 듯한 바늘, 세계의 평화나 마음의 안식 같은 감정들의 증여가 비집고 들어갈 틈이 하나 없는, 무식하게 기술적이고 제조에 편한 방식 그대로 공장에서 빠져나온, 무감하게 말끔하게 조립된 공산품 그대로의 그 시절 오리엔트.

그 숱한 라인들, 어감만 이국적인 모델들. 비잔틴, 브랑카, 하이컬러, 에이에이에이. 아무 설명도 추측도 허락하지 않고 그저 달리 붙여진 저 이름들. 그저 시계, 시계란 걸 차고 싶어 했던 우리네 이웃들의 허영심과 중산층의 자부심을 대변했던, 철학이 부재했던 그 시절의 물질적 풍요. 가혹했고 숨죽였던, 마침내 성취된 듯 보였던 민주화의 열망과 짓밟힘 같은, 그 젊음의 시간을 기록하고 모두가 다시 증언하기 위해 눈뜨고 일어났더니 이미 너무도 많이 만들어져버린 오리엔트.

너의 전성기는 그때도 지금도 아니다. 아직 도착하지 않은 것이다.

프랑켄슈타인 시계

대구 구도심 금은방 거리의 귀금속 상가 지하 일층에는 상호도 없는 단칸 수리점이 있었으니. 정해진 일을 마치면 수년 간 손님이 찾아가지 않은 시계들과 버려진 시계 케이스로 일종의 프랑켄워치, 좋은 말로 크라프트 워치를 제작하는 수리사가 수리점의 주인이다. 일흔이 넘어도 풍성한 검은 장발에 한쪽 다리가 불편한 수리공은 아침 7시면 지팡이로 계단을 짚으며 내려와, 두꺼운 외알 확대경을 달고 꼬박 12시간 동안 시계 수리 일을 한 후, 모든 가게가 문을 닫을 때쯤 그 과외 일을 하기 시작했다. 그는 50~60년대 일본제 니켈 케이스에 역시 비슷한 시기의 튼튼한 수동 무브먼트, 토크가 큰 힘 좋은 놈을 골라 집어넣고, 시·분침 바늘은 우리의 상상과는 반대되는 얇은 철판 같은 걸 갈아서 충족했다.

　일반적인 가느다랗고 가벼운 시·분침이 아닌 까닭에 시계가 점점 느려짐은 어쩔 수 없었고, 태엽도 너무 힘들어하며 지나치게 빨리 풀려버린다는 단점이 있었으니, 그것이 바로 지금 소개하는 세상 하나 뿐인 프랑켄워치, 우리 고유어로 '짬뽕시계'가 탄생한 것이다.

　비효율적인 움직임으로 무브먼트를 혹사시키고, 또 한편 시간을 잘 알아보기 힘들지만…… 뭐랄까, '그럼에도 불구하고'에서 '그럼에도'가 없는, 그냥 불구한, 고약한 느낌의 커스텀 다이얼 시계가 되시겠다. 4년 전 나까마 김 씨에게 구입 후 여태껏 서랍에 처박혀둔 덕에 이 스토리를 들려줄 고객을 아직도 찾지 못했다는 안타까운 전설이 있다.

애플 워치가 안 부럽다

불과 5~6년 전만 해도 드물지 않게 보였지만 지금은 많이 희소해진 빈티지 카시오 jogging&exercise 모델.

조깅과 기타 운동을 어떻게 시계로 즐길 수 있을까?

베젤 상단에 보면 'E.pop, Salsa, Shuffle, Disco, Rock'이라 프린트 된 문구가 있다. 그리고 베젤 하단에는 두개의 검은 버튼이 있다.

조깅 모드에는 메트로놈 기능이 내장되어 있어서 걷기 속도를 지정해 그 박자에 맞춰서 슬슬 워킹하기 좋다. 사용자가 스마트하게, 아니 스마트한 사용자만이 이 기능을 지정할 수 있다.

운동 모드의 경우 타이머로 운동 시간을 지정해놓고 저 음악 장르 중 하나를 선택하면, 8비트 전자음이 연주되면서(DJ Cas, Drop the beat!) 거기에 맞춰 몸을 흔들라고 자연스레 유도한다. 적극적인 리액션이 수줍다면 머릿속으로 몸을 흔들어보라. 그러면 운동이 된다, 뭐 그런 논리이다.

손목에서 흘러나오는 한들한들 살사와 디스코 비트에 맞춰 몸을 움직이게 만드는 자발적 스마트 기능을 꿈꿨던 90년대 카시오 디지털시계. 거기에 요일, 월, 그리고 시간과 초까지 2단으로 표시되는 큼지막한 액정에 아주 가벼운 사이즈. 덤으로 스톱워치 기능과 타이머 기능까지. 언제나 충실한 편의 기능을 기본으로 그 위에 한두 가지의 유별난 기능을 설계한 대량생산 매뉴팩처의 자부심과 유쾌한 일면이 엿보이는 시계, 조깅과 엑서사이즈.

주변에 운동이 부족한 친구에게 선물하면 어떨까? 설명하느라 시간을 쏟으며 소비하는 칼로리는 덤이다.

그녀에게 빌딩을 선물하세요

1985년 5월 완공 당시 아시아의 최고층 빌딩이었던, 80년대 눈부신 경제성장을 증명하는 신흥 경제대국 대한민국의 랜드마크 63빌딩. 그리고 이를 발 빠르게 판촉기념물로 제작한 업체들 중 하나였던 '국제칼라싸인'의 광학섬유에 의한 폭죽 연출이 압권인 63빌딩 입상형 디지털시계. 1985년 11월 제조품으로 110v 코드가 달려 있는, 전기를 사용하는 쿼츠시계이다.

당대 획기적인 신소재였던 광학섬유는 컬러 셀로판지 돌림판의 움직임에 따라 초록-파랑-노랑-빨강의 다채로운 빛을 만

들어낸다.

아름다운 한강이 드디어 그럴듯한 야경을 갖게 되었음을 축하하는 듯한, 아른거리며 터지는 폭죽을 보고 있노라면 '한강의 기적'이란 바로 이런 것이란 생각이 든다. 폭죽은 계속 색깔을 달리하며 잦아들다 다시 피어나고, 관람자는 영원히 무언가를 기념 중인 폭죽의 현장에 갇혀 잠시 무아지경에 빠져든다.

이야말로 80년대 한국적 과잉을 보여주는 적극적인 키치 가젯이 아닐까? 이제는 퇴색된 한강의 밤 풍경을 배경으로, "아무도 없는 너의 아파트"에 찾아가 현관문 앞에 내려놓은 뒤에 전화기로 "63빌딩을 선물하고 싶었어"라며 성우 톤의 메시지를 녹음할 것 같은, 낭만적이고 산업적으로 과장된 B급 퇴폐 로맨스의 소품으로 어울릴 만한 그런 시계다.

당신의 어두운 방 안에 놓인 빌딩 한 채. 지금의 삶의 형태에선 기념품으로서의 지위는 사라지고, 신경 거슬리는 소음에, 실수로 220v에 꽂아 연기를 피울 것 같은 거추장스러운 낡은 액자.

골드스타의 두 얼굴

1980년대 신흥 경제대국 대한민국은 탄탄한 제조업을 동력으로 시계 시장에 국산 제품들을 판매하기 시작했다. 삼성과 한독, 로렌스 등의 국내 시계 제조업체 목록에서 빠지지 않는 금성(Gold star)의 대표적 디지털시계 모델 코스모를 소개한다.

　일본이나 스위스에서 수입한 무브먼트를 조립해 기계식 시계를 만들어 팔던 우리네는 완전한 국내 기술로 전자시계 및 쿼츠 디지털시계를 제작하기 시작했다. 한독을 비롯한 여러 회사들이 시제품 개념으로 출시했다. 이들 중 지금까지 남아 있거

나, 정상적으로 작동되는 부류는 거의 발견할 수가 없다. 내구
성이 엉망인 이유는 당시 불완전한 버튼셀 배터리 때문이기도
하다. 겉으로 보기엔 멀쩡해도 속을 들여다보면 십중팔구는 회
로가 상해서 엉망이다. 한편 디지털 액정 역시 태양열에 오래
노출되면 점점 희미해지고 수명이 저절로 다하는 경우도 많다.
그중 금성의 액정 시계들은 꽤나 성공률이 높은 디지털시계 중
하나다.

사진 속 모델은 오메가 스피드마스터 계열의 유일한 디지털 모델을 닮은 둥근 베젤에 국산 디지털시계에선 찾아보기 힘든 스톱워치 기능도 있는데, 모드 선택과 스톱워치 시작 버튼이 하나의 버튼에서 시작하는 바람에 영영 스톱워치로만 사용해야 할 수도 있다는 단점도 있다. 많은 종류의 골드스타 코스모 쿼츠 모델이 존재하지만 시간을 세팅하는 법이 모델마다 다르고, 태양열 전지를 사용하는 기능이 작동하는 모델도 있어서 뭐랄까, 단단한 제조업체라는 인상이 굳어지곤 한다. 저 유리 베젤에 적힌 짙은 군청색-청색-금색 선의 조합은 미숙한 배열에 서로 자기주장만 하는 듯한 조잡한 느낌도 있지만 전체적으로 신선하다.

두 번째 사진은 골드스타의 아날로그 쿼츠시계이다.

우유 왕관의 아랫부분을 절단해 급조한 로고의 금성 시계. 지금의 GS와 LG의 전신인 럭키금성 이전에 금성의 이름을 달고 출시된 골드스타 데이데이트 아날로그 쿼츠시계이다.

금성의 시계는 80년대 중후반에 생산되었고 태양열 디지털시계와 아날로그 쿼츠시계 등 총 4~5가지 형태가 보이는데 역시 튼튼한 내구성이 강점이다. 이 투박한 쿠션형 베젤의 시계역시 스위스 ETA v8 인증이 있는 중급 무브먼트를 사용해서 아직도 잘 움직인다. 브레이슬릿은 당시 오리엔트나 시티즌 국내 케이스와 밴드를 제작했던 곳에서 납품했음이 분명한 80년대식 강한 선과 질감이 특징인 통줄의 스테인리스스틸 재질이다. 다분히 남성적이고 강인한 인상을 주어, 건설 현장 감독이 노란색 안전모에 큼직한 로고가 찍힌 작업 잠바를 입고 페이퍼보드를 든 손목에 이런 시계를 차고 있지 않았을까 상상해본다.

키치 또는 팝, 레트로의 양면

녹색과 흰색이 반전으로 찍혀 졸지에 알비노가 되어버린 둘리
가 고길동에게 통나무를 휘두르고, 빨강머리 앤은 명품 백을 든
방문판매원처럼 조신하고, 피리는 내팽개친 개구리 왕눈이는
아로미의 뽀뽀를 받고 은근 느끼는 표정이고, 울지 않는 울면
안 되는 캔디는 너구리를 보며 너구리를 끓여 먹고 싶은 지 안
달 난 표정.

특수 이온 도금에 중국산 저가 쿼츠 무브먼트를 사용하고,
역시 원가 절감 때문에 착용감 따윈 고려치 않는 야한 컬러의 비

닐 밴드가 달려, 저기 초등학교 교문 앞 구멍가게에서 불량 식품들과 나란히 진열되었던 만화 시계들이 한 무더기 들어왔다.

동심을 배가시켜주는 그때 그 시절 만화 시계. 하지만 10년째 문하생으로 배경 담당인 만화가 지망생의 손끝에서 나왔을 법한, 다이얼 중앙에 프린트된 캐릭터만 유일하게 신경 쓴 저품질의 조악한 시계들은 두 번째 사진의 뭔가 정교하게 포장된 스와치 팝 제품들과 재밌는 비교가 된다.

지난주 대전 금은방에서 올라온 90년대 초반의 스와치 제품들은 손목시계가 아닌 화사한 분위기, 특정한 감성을 노려 제작된 듯 화려하고 가볍다. 이런 사물에 시간 보기는 덤이다. 투명 플라스틱 케이스는 세월이 지나 누렇게 변했지만 다행이도 약을 교체했더니 하나를 제외하곤 잘 움직인다.

결과론적인 이야기지만 스와치 역시 시간이 지나면 당당히 빈티지 대열에 합류한다. 물론 무수히 많은 대량생산품 중에 바늘구멍에 들어갈 수 있는 모델은 아주 제한적이긴 하지만, 일회적으로 시도된 디자인의 가치상승 효과는 종종 일어난다.

여기서 스와치의 팝과, 국산 만화 시계의 키치는 갈리게 된다. 레트로의 양면 또는 두 가지 특징인 팝과 키치함을 구별하는 가장 큰 지점은 바로 자본의 유무가 아닐까.

소규모로 진행된 만화 시계 제작 공정은 거대한 스와치의 생산 라인과는 품질 면에서도 마케팅 차원에서도 큰 차이를 지닌다. 한정된 시장을 노려 반짝 출시된 사물이 발견됨과 동시에 휘발되는 일회적인 성질을 지닌다면, 스와치의 팝은 시대적 분위기를 반영해주는 특질적인 아우라를 지닌다. 이러한 팝적인 분위기는 양산형의 특징인 다양한 시도와 판매 구조를 통해 무한히 공급되는 순환구조를 연상시키며 여러 정서를 풍성하게 환기시킨다.

스와치 팝은 자본의 도움과 제조 라인의 탄력을 받아 보다 고도화된 미니멀한 모던함을 추가시키며 지금껏 살아남았지만, 분식점 떡볶이나 불량 식품과 경쟁해야 했던 국산 만화 시계는 키치함의 본질에서 벗어나지 못한 채, 성장해버린 아이들을 더는 기만하지도 못하고 다시는 진열될 수 없는 사물로 서랍 속에 있다 폐기될 운명에 처했다.

대규모 자본으로 탄생한 팝의 미끈한 사물, 그리고 B급 감성으로 귀착되는 위태로운 키치 사물들. 이들이 사이 좋게 레트로의 두 얼굴을 보여준다.

하루키의 어이없는 시계 순례

하루키의 《다자키 스쿠루의 (어이없는) 순례》를 읽다가 납득할
수 없는 디테일이 있어서 펜을 들었다.

　독자를 어이없게 만드는 미끼성 장치들을 '실존의 그림자'
니 '절대 악령'이니 하는 수사들로 과장하고, 심심찮게 색칠 공
부를 하라느니, 기존 하루키 월드에 넘치는 비문학적 장치들을
쓰레기의 바다에서 여러 번 반복해 건져 올린 유실물로 치장한
건 뭐 그의 반복된 습관이라고 치지만, 재즈 음악을 비롯한 취
향이 보통이 아닌 하루키 왕자님이 왜 이런 디테일을 놓쳤을까

하는 의문.

289쪽 하단에 주인공 쓰쿠루와 아버지의 상징적 대체물인 손목시계를 가리키는 부분, "왼쪽 손목에 걸린 오래된 자동 태그호이어 시계"가 문제다.

뭐 여기선 그냥 빈티지 자동 시계로 생각했다. 떠오르는 건 크로노 기능이 있는 모나코 정도. 그런데 오늘날 태그호이어라는 이름은 자동차경주 같은 정확한 시간 계측에 쓰이는 크로노그래프 시계 제조사였던 에드 호이어를 1985년에 테크닉 아방

가르드(줄여서 TAG)라는 그룹이 합병하여 현재의 태그-호이어(TAG-Heuer)로 이뤄진바, "오래된 자동 태그호이어"란 표현보단 "오래된 자동 호이어"가 빈티지 시계를 지칭하는 정확한 표현이다.

우리 잡식 디테일 황제 하루키 왕자께서 그냥 지나갈 이 디테일을 소설 후반부에 왕창 늘어놓으셨는데, 422쪽에 보면 "1960년대 초반에 만들어진 아름다운 앤티크, 사흘만 손목에 차지 않아도 태엽이 풀어져 바늘이 멈춰 버린다"라는 표현이 느닷없이 등장한다. 손목에 차지 않아 태엽이 풀어져 바늘이 멈춘다는 표현은 명백히 자동 추가 태엽을 감아주는 자동 방식의 무브먼트 구조를 떠올리게 한다. 반면 60년대 초반 카레라(Carrera) 같은 호이어의 대표적인 크로노그래프 모델은 모조리 수동 방식이다. 그래서 "1960년대 초반에 만들어진 아름다운 앤티크, 용두를 감지 않으면 이틀만 지나도 태엽이 풀어져 바늘이 멈춰버린다"가 더 정확한 표현이다.

호이어가 세계 최초 자동 크로노그래프 프로젝트를 브라이틀링, 해밀턴과 함께 시작한 게 1969년이니, 호이어의 자동 시계가 1960년대 초에 존재했을 리가 없다.

두 번째 사진이 조인트 프로젝트를 통해 개발에 성공한 cal.11이 들어간 1970년대 자동 크로노 시계이다.

문맥상 부자인 아버지가 찼던 시계라면 스티브 맥퀸이 착용했던 걸로 유명한 모나코가 더 그럴듯하지만, 어쨌든 하루키는

1960년대 초라고 하며 카레라를 염두에 두었을 터. 고증을 제대로 하지 않았거나, 자동과 수동 방식을 혼동했거나 그중 하나로 보인다.

주인공 쓰쿠루 같은 지하철역 엔지니어에게는 수동 크로노그래프 같은 아름다운 앤티크보단 실용적이고 현대적인 카시오 데이터뱅크 같은 시계가 어울린다. 그런 시계만이 디테일만 부유하는 이 실패한 소설에 다소나마 설득력을 부여할 수 있을 것이란 게 이 감동 없는 순례의 결론이다.

이토록 노골적인 80년대

1980년대 이후에 태어난 사람은 처음 보는 게 분명할, 아니 70년대 생이나 그 이전에 출생한 이들도 이런 시계가 80년대 중후반 시장에 나왔었다는 사실을 모를 게 뻔한 소규모 국내 조립 메이커의 샘플. 망한 시계방의 진열장을 마지막까지 장식했다는 슬픈 소식이 전해지는 국산 조립 브랜드들로, 프랑스에서 에보슈(시계 무브먼트)를 수입하고 케이스와 다이얼은 국내 기술자들이 뚝딱 만들어 유통한 소규모 브랜드 시계다. 그래서 다이얼 하단에 fm(france movement)이라는 글자가 찍힌 단출한 디자인의

시계.

이름도 생소한 로닥스(rodax)와 에니트라(enitra).

로닥스는 누가 봐도 rolex를 의식하고 이름 지었음을 알 수
있고, 에니트라는 프랑스 브랜드 enicar를 염두에 두었음을 알
수 있다.

그냥 대놓고 생각 없이 따라지은 이름. 이러한 과감성이 이
시계에 적절한 정체성을 형성한다.

국내에서 제조한 초기 기계식 시계, 그것도 80년대 산업 역
군을 뒷바라지하느라 손에 물기 마를 날이 없던 그 시절 젊었던
우리 엄마들을 위한 여성용 모델이다. 투박하고 과감한 디자인
과 색상의 배치는 70년대 모든 실험이 끝나고 뒤치다꺼리를 하
다 얻어걸린 듯하고, 요상한 브랜드 네임과 공장에서 찍어낸 듯
한 바늘들이 침울한 인상을 주지만, 여보세요, 이건 멋쟁이들을
위한 시계였음을 제발 기억해주길.

4H의 비밀을 찾아서

실물이 대단히 근사한 시티즌사의 1960년대 알람 시계. Citizen Alarm 모델 이름 위의 4H는 41이 아니라 four hands의 줄임말로 보통의 시, 분, 초가 있는 3개 바늘에 알람 시간을 맞추는 바늘 하나가 추가되었다는 깊은(!) 의미가 암호처럼 담겨 있다. 빈티지 알람 시계로 유명한 스위스 벌케인사(社)의 무브먼트를 가져와 만들었다. 당시에도 지금도 적극적인 카피는 기술 혁신의 원동력이다. 지금은 중고가도 꽤 높게 형성되어 있고, 작은 해머가 뒷백에 용접된 스틸 봉을 때리는 방식이라 의외로 알람 소리가 크다. 알람 소리가 매미 같다고 하여 국내에선 '매미시계'라고 불린다. 자동 무브먼트에 알람 기능을 추가한 세이코 벨메틱(bellmatic)보단 따로 용두를 감아주는 수동 알람 방식이 고장이 덜 나고 알람 소리도 더 큰 편이다. 사진 속 샘플처럼 스테인리스스틸로 된 재질은 더욱 보기 어렵다. 시간에 맞춰 손목에 맞닿은 스테인리스 뒷백을 두드리는 진동의 형태를 직접 경험하면 곱상하게 생긴 시계의 형태에서 반강제적으로 품어져 나오는 파열음에 두 배 더 놀랄지도.

낡은 점자 시계의 추억

1970년대 라디오에서는 흐린 날씨에 어울리는 잔잔한 노래가 연이어 나오고 있다. 비가 곧 내릴 듯한 목요일 오전. 오늘 소개할 시계는 지난 일요일 황학동 쓰레기 더미에서 순전히 손의 감각으로 구조한 브레일 시계. Braille은 점자를 뜻한다. 나까마 사이에선 속된 말로 '맹인시계'라고 불린다. 금장 케이스는 스냅식 오픈 베젤을 채용해 유리와 함께 위로 열리는 구조라서 사용자는 다이얼에 손가락을 짚어서 시간을 확인할 수 있다.

사용자의 빈번한 손길이 더해져 다이얼 표면은 군데군데 벗겨지고, 프린트된 제조사의 로고는 반쯤은 지워져 확인하기 어렵다. 다이얼 형태는 이른바 표준 블라인드맨 시계의 모습이다. 12시는 3개의 양각 도트, 3-6-9시는 두 개의 도트로 표시되었고 바늘의 길이 차이는 현격해서 눈으로 보기에도 빠르게 시간을 인식할 수 있다.

세 살 때 시력을 잃은 프랑스인 루이 브라유(Louise Braille)가 1824년에 개발한 돌출 점자 체계를 기리는 의미로 브라유, 영어로는 브레일 시계로 통용되는 시계. 일본의 세이코나 시티즌 제품은 자주 보이지만, 스위스 제조 브레일 시계는 흔치 않은 편이다. 누군가 직접 사용한 흔적이 이처럼 역력하게 남아 있는 사물을 만나면 작은 경이감을 느낀다.

수동 무브먼트를 사용하기에 이 시계는 지금도 힘차게 돌아가지만 아쉽게도 매우 빨리 간다. 오랜 시간 잡동사니 틈바구니에 끼여 강제 휴식을 취했던 이름 모를 브레일 시계는 물질적·정신적으로 큰 충격을 받았나 보다.

시계의 존재론

시계는 시간을 알지 못한 채 자기가 출발한 자리로 매번 다시 돌아간다.

인간의 시간에 별 관심이 없다.

자신의 출신 성분에 대해 희미하게 짐작할 뿐이다.

우리가 어머니와 여성을 제대로 알지 못하고, 구별하는 방법을 배우지 못한 상태로 여자를 대하듯, 시계는 시간을 낳는 것처럼 보이지만 자신이 표시하는 시간의 항상성이 어디로 가는지 누구를 위한 것인지 알지 못한다.

시계는 가끔 정지하고, 그게 오래 지속되면 버려진다.

기분에 따라 달라지는 인간의 무분별한 기호 때문에, 본질을 파악하려는 노력보다는 정해진 운명 안에서 소심한 규칙성으로 꽉 짜인 부품들이 만드는 메커니즘의 순환을 완수하는 데 주력했다.

시간을 거꾸로 돌린다거나 정지하고 싶은 순간 멈춘다면, 그것은 고작 인간적 의미에서 이탈하는 예외적인 시도일 뿐 순전한 사물화와 다름없기에, 시계의 측면에서도 금지를 잃거나 쓸모없는 사물로 격하되는 일일 뿐이다.

시계는 인간이 되려는 노력, 인간의 시간에 맞추기를 포기했기 때문에 비로소 인간의 친구-동반자가 될 수 있다는 사실을 간신히 깨달았다. 허나 그 역시도 시간과는 무관했다.

시계는 인간의 행복에 대해서도 무지했고, 인간의 종말이나 죽음에 대해서도 알지 못했지만, 행복이나 죽음, 슬픔과 같은 중대한 현상이 디지털 시대에 들어서 뒤죽박죽 섞여 있는 모습을 보며, 자신이 제대로 경쟁해야 할 대상을 발견했단 사실에 위기감과 도전 의식을 동시에 느끼기 시작했다. 시계는 어디에나 있었지만 전화기로 변한 컴퓨터가 문제였다.

인간 스스로 시간과의 약속을 어기고 시계와 엇비슷한 시스템의 일부로 말려들어 이용되기 시작하자 혼란은 더욱 가중되었다. 시간의 미덕을 악용하고, 그 경사면 끝에 커다란 우물이 숨어 있는지도 모른 채, 시간에 대한 환상 속으로 미끄러져 내려갈 때 시간이 종종 목덜미를 낚아채는 것을 나는 몇 번 본 적이 있다.

시간을 알 수 없다거나 시간을 무시하는 믿음이 종종 위험한 환상으로 빠질 수 있음을 시계는 언제나 가리켜주고 있다.

시계는 가끔은 인간을 행복하게 할 수 있다고 소박하게나마 생각하고 있는지도 모른다.

나까마의 존재론

시계를 통해 만난 사람들이 있다.

흔히 '나까마(なかま)'라고 불리는 사람들, 우리 사이에선 도매업자를 뜻한다. 그러니깐 상인-도매업자의 관계에서 둘은 서로에게 나까마인 것이지만, 편평한 장사꾼들을 업자라고 하듯 나까마도 그냥 업자라고 이해되곤 한다. 시계 업계에서 나까마는 이 가게에서 저 가게로 물건을 옮겨주는 사람을 뜻하다. 개인에게서 개인으로 시계를 옮겨주는 가장 일차원적인 노드(node). 가게별로 보유한 시계 모델의 재고가 많다면 나까마는 그 재고를 도매가격으로 받아 필요한 다른 가게에 제공하고 얼마간의 거간비(수수료)를 받는다.

나까마는 많은 상인들과 친분을 쌓아야 하고 어디서 누가 어떤 모델을 구하는지 상시 정보를 수집해야 한다. 또한 좋은 시계를 볼 수 있는 감식안이 있어야 하고 하자가 있더라도 그것을 비용으로 차감하고 나서 원가보다는 높게 넘길 수 있는 능력도 있어야 한다.

여기까지가 나까마 일반론이라면 일본어 원래 의 뜻 '동료

(同僚)'라는 의미에서 좀 더 살펴보자. 우선, 나까마는 수수료가 아니라 신용을 먹고사는 업자다.

이를테면 그는 이 가게에서 산 시계로 이문이 많이 남을 경우에 다음 거래를 통해 그 이윤을 보상한다. 하자가 있어 판매가 여의치 않은 물건을 받더라도 저번에 많이 남겼다면 그것을 품어주는 것, 그렇게 또 다음 거래를 내다보는 것, 나까마는 그런 역할을 한다. 또한 나까마들끼리 이러한 거래가 이어지기도 한다.

시계 상인들이 나까마에게 많은 부분 기대는 이유는 이런 동료 의식 때문이다. 평범한 손님들이 재고를 다 사가는 경우는 극히 없거나 드물기 때문에 나까마에게 부탁해 애들 등록금이나 경조사 비용을 그때그때 조달하곤 했던 것이다.

한편 나까마에게는 '선수'라는 이중적인 의미도 있다. 중고 시계란 기본적으로 지하경제의 일부로 현금이 오고가기 때문에 이런 거래에서 선수란 실력이 좋은 나까마를 지칭하는데, '악성 재고들을 눈탱이 치는 실력이 대단하다', 뭐 이런 뉘앙스가 강하다.

한 걸음 더 나아가 선수는 한때 잘나갔던 압구정 중고 명품 가게를 돌면서 높은 소매가에 팔리는 품목들을 싼 가격에 구매해 리세일, 즉 되팔이하곤 했다. 한편 그 선수들은 정교한 퀄리티로 가품을 제작해 부자들에게 속여 팔았다는 전설의 주인공이기도 했다. 시계란 본질적으로 사치품이고, 사치품이란 허영

을 먹고 사는 재화이기 때문에 가능한 이야기기도 하다. 70~80
년대 경제성장으로 많은 중산층들이 탄생하고 일부는 벼락부
자가 되기도 했던 시절, 그들은 남들이 홍콩 면세점에서 금딱
지 롤렉스를 살 때, 국내에서 잘 만든 텐포인트──시계 12개
의 인덱스 중에 12시 방향 롤렉스 로고와, 3시의 날짜 창을 제
외한 인덱스 10개가 다이아몬드로 세팅된 롤렉스 다이얼과 그
시계를 '텐포인트'라고 부른다. 오리지널과 애프터마켓(커스
텀) 세팅이 있지만, 다이아몬드 등급에 따라 금액은 천차만별이
다──를 구해 자랑했던 것이다. 이런 그들만의 세계와도 나까
마는 관련이 있다. 황학동 벼룩시장, 청계천 같은 데서 친분을
쌓은 중고업자들에게서 물건을 공급받을 때도 많은데, 도품이
나 유실물일 가능성이 농후한 이런 물건들의 경우, 일반 거랫가
에 비춰 너무 싼 물건을 위험을 안고 사는 경우와(물론 얼마 후 경
찰조사는 필연적), 이상한 낌새를 눈치채고 거래를 하지 않는 경
우 중 하나를 택해야 한다.

나까마의 존재론2

나까마는 전국을 돌며 물건을 매집하기도 한다.

이들의 출발은 아마추어 시계 애호가거나, 금은 도매업자이거나, 중고 만물상인 경우가 많다. 이들은 전국을 돌아다니면서 수시로 업자들과 정보를 주고받으며 가게 주인과 흥정을 하고, 허름한 여관방에서 주머니에 가득 찬 시계를 꺼내 소주 한잔에 고추참치를 씹으며 돋보기 너머로 가격과 가치를 일별하곤 했던 것이다.

때로 나까마들은 서로 자기가 힘들게 구한 시계의 이력과 가치를 들먹이기 위해 인터넷이나 소문에 의존한 정보와 특유의 수사를 동원할 때가 있다. 각각의 나까마는 자신만이 유일한 가치의 전도자이기 때문에 최대한의 장점을 뽑아내야 한다. 누군가 흠을 잡거나 시계를 제대로 볼 줄 모를 때 필요한 것은 말발, 이른바 이빨 전쟁인 것이다. 말발과 특유의 제스처는 그 나까마만의 시그니처다. 이런 시그니처는 시계 자체에도 묻어 있어 이 물건을 보면 이게 어디서 흘러나왔는지, 김 씨인지 정 씨인지 식별이 가능하다. 한편 이런 건 남 씨(?)가 좋아할 만한 물건이다 하면 그것들만 구해오곤 한다. 그렇게 한 나까마의 손을 탄 물건은 기존의 중고가 아닌 나까마의 아우라가 배어 있기 마련이다.

무엇보다 중요한 것은 나까마는 물건의 가격을 설정하는 자라는 점이다. 최대한 싸게 물건을 사는 것도 중요하지만, 보다 적절한 가격을 설정하고 순환시키는 것이 나까마의 고유의 능력이 된다. 그렇게 하여 시장에 자연스럽게 물건을 흘려보내는 능력은 뭐랄까, 자본주의 지하경제의 촉매(?) 기능을 담당하는 듯하다. 자신이 스스로 재화는 생산하지 않지만 교환의 요건인 소비자가격 혹은 도매업자 가격을 놓는다는 것은 일반인이 생각하기 어려운 기술임은 분명하다. 가격 설정자들은 특정 고객과 특정 가게를 위한 가격을 시계 원가와 비용을 고려해 제시해야 한다. 시계는 가격을 설정하기 위한 하나의 복잡한 상징 같다. 때로 이런 구체적인 가격은 나까마의 복잡성과 단순성을 증명한다. 아니, 왜 나한테만 비싸게 불러? 저 인간은 비싸도 무조건 사는 양반이야, 금박 입히고 뾰족 바늘 붙어 있으면 환장을 하니깐 더 붙여도 돼. 고객의 취향과 성격에 부합하는 시계를 들이미는 능력은 이 나까마 세계의 짜릿함이고, 유일하게 재미있는 부분이기도 하다.

한편 가격은 시계를 웅변할 뿐만 아니라 나까마 자신을 드러내기도 한다. 가격 설정자로서 나까마들은 대부분의 시간을 '길 위에서' 공상과 몽상에 빠져서 보낸다. 그들에게 재미와 이윤을 안겨주었던 과거의 시계를 찾고, 그와 비슷한 것들로 이뤄진 틈새시장을 상상한다. 남들이 주목하지 않았던 것들에서 가치를 발견해내고, 그것을 통해 잔류 가능성을 타진하고, 흥행을 이끌어낸다. 이것은 사실 유사 도박 같은 위험성을 안고 있기 때문에 위험 애호가가 되기도 하고 위험 기피자가 되기도 한다. 100만 원이 넘는 시계를 공급하는 나까마는 대부분 위험 기피자이고, 1만 원짜리 시계라 할지라도 그것을 20~30만 원에 도매업자 혹은 소비자에게 넘기는 나까마는 위험 애호가이지만 동시에 황홀한 길 위의 몽상가이기도 한 것이다. 물건과 가격으로 길 위의 시계들에 아우라를 공급하는 그들은 이제 많이 사라졌다. 제각각의 이야기로 풍성했던 시계들 역시 많은 부분 사라지고 없다.

나까마의 존재론3

나까마는 고도로 숙련된 가격 설정자로서 맨 처음 마주치는 시계의 가격을 점지하며 동시에 마치 〈운수 좋은 날〉의 김 첨지처럼 극적이며 시적인 그날그날의 운명을 부여받는다. 김 첨지가 사 온 설렁탕을 먹지 못하고 죽은 아내처럼, 그 시계가 끝에 가서는 둔중하고 비극적인 운명에 처해 별 볼 일 없는 가치로 전락할지라도 그는 미처 실현되지 않는 이익을 역사의 가벼운 전주곡으로 받아들이는 데 익숙하다.

　　윤동주의 시 〈투르게네프의 언덕〉에는 세 명의 거지 아이가 등장한다.

첫째 아이는 잔등에 바구니를 둘러메고, 바구니 속에는 사이다병,

간즈메 통(통조림통), 쇳조각, 헌 양말짝 등 폐물이 가득하였다.

　　나까마들은 영어를 모른다. 그들은 어떻게 그 음침한 시계 골목에 갑자기 솟아나 영어로 적힌 시계를 식별하여 판매하고 또 구매하는 것일까? 비록 영어를 모르지만 저 온갖 폐물을 섭

렵해온 아이의 경험처럼 이들은 시계가 저런 고철들과 폐물 사이에서 돈이 된다는 사실을 어느 순간 직감하게 되었을까? 서울에 상경해 숙식과 더러운 맨바닥만 제공받으며 기술자들의 좁디좁은 작업실에서 음식을 배달하고 설거지하며 어깨너머로 일부는 폴리싱과 땜을, 또 일부는 시계 수리를, 또는 유리 가공을 배웠던 것이다. 또 다른 이들은 길거리를 부유하다가 시계를 사고파는 것을 관찰하며 시계를 흘겨보고 분해하고 망치로 두드려보고 맛을 보고 이빨로 깨물어 가며 시계 둘레가 금인지 아닌지를 판별했던 것이다.

배척당하고 사기치고 사기당하는 숱한 거래들로 익힌 사물에 대한 감각과 경험들. 주머니 속에는 헌 시곗줄이, 크기가 다른 스프링 핀과 광약이 묻은 안경 닦는 천, 손잡이가 닳은 황동 드라이버가 들어 있고, 특별히 비닐봉지 안에 담긴 시계 부품들은 또 누군가의 손에서 그 광휘를 발휘할 가능성과 불가능성이 얽힌 채 내일을 기다린다. 오늘도 골목 한 귀퉁이에 서서 자판기 커피를 마시며 잡담을 하다가도 또 그때 돈 좀 만졌던 시계 생각에 들떠서, '그런 것만 마주친다면 하루가, 지하철 계단을 따라 내려가는 어두운 지하가 조금은 환해지지 않을까?', 뒷굽이 닳은 신발을 끌며 혼자 황홀해하며 하루를 끝맺는 것이다. 하지만 이런 낭만적인(?) 나까마들은 이미 사라져버렸다.

동료들 중 몇은 나이 들어 죽거나, 지병이 악화되어 사라지거나, 돈 몇 푼을 갚지 못해 신용의 세상을 떠났다. 세상을 저버렸다. 시계 시장에 들어와서 알게 된 나까마들 중에 지금 같은 하늘 아래 있지 못한 이들이 적지 않다는 점은 세상에 꼭 필요한(?) 이 직업이 멸종 단계에 접어들었음을 반증하는 게 아닐까 생각해본다. 그들의 직업윤리는 여타 직업이 요구하는 것과 다르지 않다. 다만 나까마를 움직이게 하는 내부적인 동력들——나에게 재미를 주는 시계의 존재 여부와 그것을 입수하고 판매할 수 있는지 등——은 많은 부분 대체되거나 사라져버렸다. 멸종동물처럼 도태되고, 새로운 종과 새로운 시장에 그 장소와 위엄을 빼앗겼다.

박텔러

레트로 라이프는 가까이 있다. 눈치채지 못할 뿐이다.

실용신안 번호 822를 획득한 보성기업의 버건디 색상 플라스틱 옷걸이는 '박텔러'(박 테일러의 줄임 표현)라는 상호를 자랑스레 붙이고 있다. 이 옷걸이는 그루브가 있는 플라스틱 봉이 쓰봉이 미끄러지는 것을 방지해주어, 가다마이 정장 상하의를 한 번에 걸 수 있게 고안되었다.

누군가 주웠다 버렸다가 그걸 다시 주워 내 손에 도착한 옷걸이.

레트로한 사물의 특징은 1)일단 유행이 지났기 때문에 쉽게 버려지지만 2)누군가의 눈에 띄어 집어 들었다가 다른 대체품들이 너무 많아 다시 버려졌다가 3)최종 보관자에게 그 쓸모가 아닌 사물 자체가 품어내는 이상야릇한 분위기로 어필하여 대단원의 소장 단계로 진입하는, 쉽게 말해 몇 번씩 버려지고 훼손되는 쓰레기 단계를 한두 번 이상 경험한 이후 완전히 폐기되거나, 사물 그 자체임을 알아주는 사람에게 힘겹게 옮겨가는 행보를 따른다고나 할까.

　　우리의 자랑스러운 테일러 박 씨에게 맞춤 정장을 사서 장롱 안에 소중히 걸었던 누군가는 당신의 큰 삼촌일 수도 있고 서울에 취직했다고 마을에서 큰 잔치를 열었던 아랫개울가 용석이 아저씨네 막내일 수도 있다.

　　박테일러

　　박텔러!

　　스토리텔러 제단사 박의 이야기가 은은한 와인색 표면을 타고 졸졸졸 흐른다.

1979년 10월 출간, 아쿠타가와 류노스케의 아포리즘과 단상 형식의 글들을 묶어놓은 《난장이의 독백》의 고색창연한 표지를 보라. 종로 조계사와 안국역 사거리 사이 아래쪽 동네 견지동에 자리한 규장문화사라는 곳에서 발간되었다.

〈신〉이라는 제목 아래에는 다음과 같은 문장이 있다. "모든 신의 속성 가운데서, 가장 신을 위하여 동정해 마지않는 것은 신에게는 자살할 능력이 없다는 것이다." "우리는 신을 꾸짖고 살해할 무수한 이유를 발견하고 있다. 하지만 불행하게도 일본

인은 매살할 만한 값어치를 인정할 만큼, 전능의 신을 믿고 있지 않다."

　연애에 대해서는 "성욕이 시적 표현을 받은 것이다. 적어도 시적 표현을 받지 않은 성욕은 연애라 부를 만한 값어치가 없다"고 했다. 시적 표현을 조금 넓게 잡아도, 아무리 관대하게 잡아도 류노스케식 연애란 그 그물망이 넓어서 과거의 연애들은 숭숭 빠져나가 버릴 것만 같다. '과거의 연애에 대한 시적 표현은 언제나 나중에 가능한 게 아닌가요?' 라고 묻고도 싶다. 과거를 대할 때, 비겁한 자기 비하로 윤색하지 않는 자는 없겠지. 아쿠타가와와는 다르게 살아남은 자는 다 그렇게 전능한 신과는 다른 지저분한 인간의 긍지를 통해 추잡한 연애를 딛고 선다. 지금의 인간은 거적때기만 두른 자존감도 없는 존재일 수도 있다. 하여튼 자아비판과 순수한 열정, 이지의 고백들이 '젊음의 문장'이란 이름으로 여기 남아 있다. 문학이 더 오래 남긴 한다.

개인적으로 가장 좋아하는 세계문학 전집으로, 1983년 11월
10일 초판 발행된 주우세계문학은 "한글세대를 위해 새로 만
든"과 "원전에 의한 권위 전공교수의 책임번역"이라는 슬로건
을 내걸었다.

　재판은 학원세계문학으로 나왔으며, "학계의 저명교수 대
거 참여, 5년여에 걸친 방대한 작업의 결정판!"이라는 표어가
자랑스럽게 적혀 있다.

　주우판은 특유의 주황색 책등에, 고딕체와 명조체를 사용한

정갈하고 시인성(視認性) 좋은 타이틀 폰트가 있어 꽤나 근사하다. 앞 표지는 세계 명화를 가져왔고, 뒷표지엔 당시로선 과감한 작가의 초상 사진을 넣어 80년대 문학 전집의 권위를 드높이고 있다. 미국 같은 선진국의 단행본에서 영향받았을 것 같은 작가의 사진 게재는 책에 입체적이며 개인적인 느낌을 입힌다.

속표지에는 원서의 첫 페이지를 담아 지금 읽고 있는 한글 번역의 원문을 짐작할 수 있게 하였다. 또한 뒤 날개에는 역자 사진과 약력을 집어넣어 굉장한 신뢰감을 준다. 옛날 책들이 가지고 있는 풍성한 형식미와 미덕이라고 보고 싶다.

가장 좋아하는 책은 두 권짜리 야로슬라프 하셰크의《병사 슈베이크》와《병》. 그림도 예쁘고 활자판 인쇄 페이지는 손으로 움푹 파인 글자를 점지하며 읽는 맛도 있어 좋다. 갱지라 한번 접거나 침이라도 묻혀 만지면 쉽게 바스라져 정말 아슬아슬한 느낌을 주었던 책.

또한 알프레드 되블린의《알렉산더 광장》도 연민을 느끼며, 한숨을 내뱉으며 힘들게(?) 읽었던 기억이 난다. 판권을 보니, 편집자로 시인 최승자의 이름도 보인다. 차장 강병식은 우리가 아는 그 문학동네 전 사장이다.

이 시리즈에는 신경숙 표절 사건의 원전(?)인 시인 김후란 번역 미시마 유키오의《금각사》도 있다(요즘에는 굉장히 찾기 힘들다!). 그 외에 민음사 이데아 총서로 기발행된 설순봉 번역 토마스 핀천의《브이를 찾아서》가 김상구 번역의《브이》로 소개되었고, 토마스 만의《닥터 파우스트》, 존 바스의《여로의 끝》, 귄터 그라스의《넙치》, 발자크의《환멸》, 조지 엘리어트의《플로스강의 물방앗간》, 폰타네의《슈테힐린》, 그리고 찰스 디킨스의《데이비드 코퍼필드》등이 희귀본으로 한때 백수 독서가들의 관심 목록이었다. 지금 살펴보니《데카메론》이 번역되었구나 싶다. 생소하다.

《백경》은 최초 동서문화사판 이가형 번역으로 읽었는데, 나중에 다시 읽기 위해 학원판을 산 이후에 표지가 이쁜 주우판도 모았었다.

손석린 역의《목로주점》과 오웰의《카탈로니아의 영광》을 재밌게 읽었었고, 지금은 기억이 잘 안 나지만《제인에어》《폭풍의 언덕》《테스》《산에 가서 말하라》《아메리카의 꿈》도 좋았다. 맬러무드의《피들먼의 초상》도 기억난다.《티보가의 사랑》역시 좋은 기억으로 남아 있다(무슨 과거 애인 떠올리는 것 마냥).

주우판, 학원판 60~70권을 가지고 숱한 이사를 다녔었는데, 시계 바람이 불어서 헌책을 깡그리 업자에게 처분하고, 말도 안 되는 액수의 돈으로 시계 일을 시작했다. 전작주의자, 전질주의자를 꿈꾸며 책등을 어루만지던 때가 있었더랬다. 뒷표지 날개의 목록만 주욱 읽어도 배가 부르던 그런 시절.

로리타, 오 아름다운 장정의 헌책

헌책 구입이 취미인지라 지금껏 많은 책을 봐왔지만, 1979년에 출간된 모음사판《로리타》만큼 예쁜 책은 본 적이 없다.

책날개를 펼쳐보면 알 수 있다. 조잡한 듯 보이지만 차근차근 살피면 무리 없이 배열된 문구들과 전면의 사진 배치.

표지 사진은 작품의 주인공 롤리타보다 성숙해 보이는 여성의 옆모습이 점진적으로 음영을 더해 표현되고 있다. 아래에는 쉼표가 아닌 태극기 가운데 음양의 한쪽 너울을 상징화한 모음사 특유의 파란색 로고가 있다. 뒷면을 전부 파란색(Cyan)으로 하고 세로로 찍은 표제, 작가 이름과 영어 제목 및 한글 제목까지 손수 손으로 만든 듯한 특별한 폰트가 정성스럽다. 앞 날개의 현란한 작가 소개도 인상 깊지만 뒤 날개의 출판사 책 광고 지면도 인상적이다.

책 소개글은 내내 정겨운 번역 투이고 제목은 하나하나 새로운 폰트를 적용했다. "가방 하나 들지 않고 집을 나온 여자 프란치스카." 알프레드 안데르슈의 《빨건머리의 여자》 카피가 인상적이다.

놀라운 점은 이 책 《로리타》를 장정한 사람이 따로 있다는 점이다. 마지막 페이지 뒷면에 적혀 있다. 홍대 회화가 출신 이동기 씨의 작품. 국외 문제작을 나름의 형식을 갖춰 제대로 소개한다는 출판사의 의지와 원작의 무게감 같은 신선한 각오가 느껴지는 사물—책이다.

참된 지성인이 되어라

오늘 산 헌책, 베르톨트 브레히트의 《살아남은 자의 슬픔》(한마당, 1990) 앞에는 이런 문구가 있다.

생일을 늦게나마 축하한다.

항상 받기만 하고 준 게 없어 미안해하고 있었는데

그나마 무엇인가를 줄 수 있어서 기쁘다.

자주 볼 수는 없지만 각자의 장에서 투쟁적인

삶을 살아갔으면 한다.

레트로와 그 사물들

언제나 변함없이 조국과 민중을 사랑하는

이 땅의 참된 지성인이 되어라.

_1991. 3. 21 현지.

'각자의 장' '투쟁' '조국과 민중' '참된 지성인' 같은 단어는 젊은 대학생으로 추정되는 작성자와 1991년 대학가 상황을 짐작게 한다.

노태우 정권 시절 학생운동과 경찰은 각각 화염병과 최루탄, 돌과 쇠파이프로 맞붙는 전투적인 양상을 띠었다. 87년 6월항쟁 이후 대학가는 총학을 중심으로 '학원 자주화' 같은 교내 민주화운동을 전개했다. 1991년 4월에도 강경대 구타치사사건이 있었으니, 저 '투쟁의 장'이라는 단어가 지금처럼 추상적인 것이 결코 아니었던 것이다.

내가 대학에 다니던 90년대 후반 학생운동의 주요 이슈도 '반미 대학 자주화'였지만 많은 부분 희석된, 과거보단 정도가 그리 심하지 않았던 것으로 기억된다. 브레히트의 시집은 극렬한 학생운동–투쟁의 후일담 느낌을 주면서, 남은 자들의 부채감을 느끼게 해주는 제목 '살아남은 자의 슬픔' 때문에 운동권에서 꾸준히 읽히고 선물로 전해졌다. 역자는 시인 김광규로 내가 좋아하는 시인이다. 한마당 출판사는 이해찬 국회의원이 세웠던 출판사 중의 하나로 불온서적 출간을 죄목으로 문을 닫은 적도 있다.

현지가 현기에게 선물한 이 책의 문구를 지금 시대에 맞게 번역해본다.

늦었지만 생일 축하해.

매일 받기만 하고 준 게 없어 미안해 이참에 책 한 권 골라봤어.

편의점 알바할 때 대학교 선배한테 추천받고 재밌게 읽은 책이야.

브레히트라는 작가의 시집인데,

80년대식 제목 빼곤 굉장히 서정적인 시집이야.

취준 때문에 바쁘겠지만 인스타에서 사진으로나마 소통했으면 좋겠다.

좋아요 열심히 누를게.

내년엔 꼭 취업에 성공해 같이 휴가 계획이나 세우자.

언제 시간 되면 한강 가서 치맥이나 하자고.

레트로와 그 사물들

하이파이 생활의 든든한 동반자

80년대 단단한 인상의 세일즈맨들이 가다마이를 받쳐 입고 들고 다니면서 이른바 월부로 판매했던 명성전자 점보 다이나믹 와이드 스피커. 월 납입료가 무려 10만 원에 달했던 추억의 스테레오다.

세일즈맨의 짱짱한 허벅지에 반해 한 대 집에 들인 앞집 순복이네 대문 앞에 밤마다 줄을 서 라디오에서 신청곡이 나오기만을 기다리던 언니, 오빠 들. 점보 쓰리웨이 씩스 스피커 점보 더블데크 빈티지 붐박스. 공 테이프는 별매. 엘피 세대를 비웃던, 더블데크 붐을 타고 저 멀리 날랐던 아 80년대!

*붐박스(boom box)란?

1970~1980년대 경제 호황기 일본에서 주로 생산된 휴대 가능한 음악 장비로, AM/FM 라디오 청취와 카세트테이프 플레이/녹음 기능이 있으며, 증폭기 기능이 있어 한 쌍 이상의 고출력 스피커를 통해 강렬한 스테레오 사운드를 들을 수 있게 고안되었다.

8~10개의 D사이즈 배터리팩과 튼튼한 어깨만 마련하면 어디서든 음악을 틀어 주변에 그룹을 형성했고, 아마추어 뮤지션들이 무리를 지어 데모테이프나 믹스테이프를 녹음-유통-공연하는데 주로 사용했다. 붐박스는 영화 〈스트레이트 아웃 오브 컴턴〉(2015)에서처럼 주로 빈민가(게토)의 반항아들이 한데 어울려 시끄럽게 군다는 뜻의 다소 비하하는 뉘앙스가 담긴 게토 블라스터(Ghettoblaster ; 게토의 시끄러운 놈들)라고도 불린다.

실제로 40년도 전에 설계 제작된 붐박스들은 다양한 이동성, 확장성을 가지고 있기에 캠핑이나 아웃도어 장소에서 활용성이 크다. 스테레오 잭으로 스마트폰 연결이 가능하기에 디지털 음원의 아날로그 출력이라는 더없이 뉴트로한 조합이 가능하며, 그 만족도는 요즘 나오는 고가의 블루투스 스피커를 호되게 꾸짖는 듯하다.

인간의 가청 음역대에 가장 부합된 따뜻한 느낌을 전해주는 건 엘피이다. 바이닐 이후 이어지는 카세트테이프는 시디로 대체되기 전 아날로그 사운드의 최전선을 사수했고, 그 든든한 동반자가 바로 거추장스러울 만치 투박하고 부피만 커 보이지만 한편으론 경쾌한 소리를 내는 개성적인 붐박스이다. 이들 소리를 경험하는 일은 과거를 기억하며 현재를 살아가자는 취지 그 이상이다. 우리가 듣는 현재의 소리란 과거의 음영들의 반영이고 우리 모습 또한 그 기다란 그림자의 일부이다.

월남 지포와 마틴 쉰 6105

낮에는 싸움꾼,

밤에는 연인,

때때로 술주정뱅이,

실수로 군인

(월트 디즈니의 군국주의 이념이 반영된) 도널드덕 미키마우스의
비호를 받으며 오늘도 찰리(베트콩)를 소탕하러 간다는 함축적
인 메시지가 새겨진 지포.

1968~1969년 생산이라 찍혀 있지만, 실제로 미군이 사용했던 제품이 아니라 80년대에 새롭게 각인이 덧씌워졌을 가능성이 99퍼센트다.

'베트남 지포'라고 명명된 거친 타투를 연상시키는 손 각인 제품들은 당시 주둔했던 미 해병대 대원들이 여가 시간에 지급받은 라이터에 야한 카툰이나 전쟁을 풍자한 문구를 넣었던 것에서 출발한다. 전쟁이 끝나고 철수한 뒤 버려진 지포 라이터가 엄청 많았던 모양이다. 중국과 일본의 장사꾼들이 현지에서 베트남 자국민들이 새롭게 커스텀한 전쟁 기념품으로 상품화한 걸 보고 의도적으로 재고를 입수해서 가내수공업 방식으로 어설프게 그려서 지금까지 유통한 것이라 생각하면 대략 맞을 것이다. 이국적인 것을 추종하는 멍청한 관광객들의 성향이야 지금이나 과거나 비슷했을 테니. 물론 저런 문구들은 많은 부분 오리지널 제품에서 따온 것이고, 더 야하게, 더 낡고 오래돼 보이게끔 의도한 측면이 많다. 관광 상품 목적으로 새겨진 각인이라도 진짜 지포라이터는 맞기 때문에 오히려 수집 가치는 야금야금 올라가는 추세이다. 오로지 저 문구 때문에 나까마 김 씨에게서 반강제로 뺏어왔다.

베젤이 빠진 세이코 다이버 6105는 〈지옥의 묵시록〉에 대한 오마주라 주장해본다.

영화에서 윌라드 대위(마티 쉰)가 찼던 시계이기도 하지만, 광기에 사로잡힌 커츠 대령(말런 브랜도)이 찼던 베젤이 빠진 롤렉스 GMT 마스터를 떠올리게 하기 때문이다. 베젤이 빠져나갈 정도로 영화 촬영 현장이 실전을 방불케 한 것인지, 아니면 노련하고 유능한 군인의 이미지를 연출하기 위해 일부러 베젤을 분리했는지 모르지만, 말런 브랜도가 차고 있던 검정 러버 밴드에 달린 GMT 마스터는 전쟁에 잠재하는 광기 어린 인간의 심연을 커츠 대령이라는 생생한 악마의 이미지로 전달하는 데 아주 효과적으로 쓰였다.

여하튼 투박한 거북이 등딱지 형태의 베젤과 넓적한 인덱스 다이얼로 필드적인 느낌을 물씬 풍기는 세이코 6105는 최근 세이코의 전문 다이버 라인 프로스펙스로 한정 복간될 정도로 마니아층의 지지가 높은 제품이기도 하다. 오리지널 6105도 이제 엄청 귀하신 몸이 되어버렸다. 실제 착용감은 손목이 가는 동양인에겐 지나치게 크고 불편하다.

2,

레트로
블루스

30층에서 바라본 풍경과
27층에서 바라본 풍경은 정말 비슷해 보인다.
하지만 3층에서 본 풍경과
2층에서 본 풍경은 완전히 다르다.

장사의 곤란함

문학이며 책이며 음악이며 죄다 정리하고 부숴버리고, 숫자 나부랭이 덧셈도 어려워 계산기를 열심히 두드려가며 메모하고, 구입한 시계를 등록하려고 구형 씽크패드 노트북을 펼치노라면 '아, 나는 지금 장사를 하고 있구나'라는 실존적 인식이 다가오곤 하는데…….

똥 싸며 읽는 책의 한 구절이 쿤데라의《불멸》인지, 일본 시계 잡지 부록인지 잘 생각나지 않는다. 그래도 하루에 한 번 정색을 하고 책을 펼쳐보지만, 이미 오래전 내 마음과 손은 '왕자와 거지'처럼 시계 장수 역할에 너무나 익숙해졌다. 이제는 힘을 주며《불멸》따위는 논하지 않기로 한다.

나는 이곳에 있지만 과거는 자꾸 고가 대교 아래 사거리 횡단보도의, 새벽녘이면 더 뚜렷한 움푹 팬 타이어 자국을 보며 이리로 저리로 흔들리고 있다. 고개를 들면 의자를 들고 가게 밖으로 나와 담배를 또 입에 물게 된다.

가끔 선글라스를 쓰고 걸어가면서 사람들이 내 표정을 하나 하나 읽고 있지 않을까 생각한다.

　하자가 있는 물건을 넘기고 회심의 눈탱이를 한 방 때리면서도 내 눈빛은 능청맞게 돌아가지 못한다. 입으로는 그래 나도 좀 남겨 먹어야지 말하지만, 손을 깨끗하게 씻어도 찝찝함이 남아 있다.

　가끔은 선글라스를 벗으면 내 표정이 하나도 보이지 않는 것이 아닐까, 선글라스를 벗는 순간 세상이 온통 암흑이 되어버리진 않을까 생각한다.

　극장에 가서 재미있는 영화도 보고, 햇볕이 따스한 공원이라도 가야겠다.

겨울나기

비수기 겨울을 나기 위해 단기 알바 노가다를 하고 있다.

두세 달 정도 할 계획이다. 작년 겨울에 힘들었던 기억이 있다. 물건 들이는 걸 좋아하다 보니 수입보다 지출이 항상 압도적이다.

주 5일은 알바를 하고 토요일에만 가게를 열고 있다.

노가다 판에는 기술을 가지고 있는 사람과 일을 하는 와중에 기술을 습득한 사람들이 섞여 있다.

강도가 낮은 육체노동이어서 천만다행이다.

아파트 지하 전기 배전반에 모뎀 중계기를 달고 각 층을 돌아다니면서 계량기에 모뎀을 연결한다. 전력 사용량을 중앙 컴퓨터에서 일괄 체크할 수 있다고 한다. 그제는 60개, 어제는 100개, 오늘도 90여 개 정도 설치할 예정이다. 마음이 급해지면 힘을 준 곳마다 물집이 잡힌다. 비가 오지만 작업은 가능하다.

지하철로 출퇴근하고 있다. 오랜만에 맞이하는 지하철, 온갖 냄새가 뒤섞이기 시작하는 퇴근길의 1호선은 글자 그대로 '충격'이다. 하지만 두어 정거장 지나면 감기기 시작하는 눈꺼

풀은 냄새 따위가 방해할 수 없는 것.

비가 온다. 잔잔한 빗방울이 내리고 나는 잠이 든다. 이게 눈이었다면 그럭저럭 볼만한 겨울 풍경이 되겠지.

발이 편한 운동화를 신었다.

30층에서 바라본 풍경과 27층에서 바라본 풍경은 정말 비슷해 보인다. 하지만 3층에서 본 풍경과 2층에서 본 풍경은 완전히 다르다.

군대에서의 꿀맛 같던 휴식의 기분을 얼마 만에 느껴보는가?

나와 같이 작업하는 김 반장은 30년 경력의 베테랑이다. 작업이 여의치 않거나 작업환경이 엿 같을 때는 시도 때도 없이 쌍욕을 한다. 구성지고 악의 없는 단순한 경탄과 짜증의 표현이다. 반면 작업 때문에 주차한 차량을 옮겨달라고 요청하거나, 지나가는 주민이 무슨 작업인지 물을 때 답해주는 김 반장의 목소리는 마치 눈에 넣어도 아플 것 같지 않은 외동딸에게 설명해주는 천사 아빠다. 운전할 때에도 마찬가지다. 내비게이션 음성 안내의 공백을 여지없이 욕으로 적절히 메워준다. 김 반장의 욕설과 육두문자의 시간에 내가 잘 섞여들어야 우리는 정답게 일을 마치고 보고를 하고 그날 하루의 시작과 끝을 다독이는 인사말을 나누게 된다.

이런 일은 언제나 대체 가능한 인력이 넘쳐난다. 대체 가능하다는 것은 노동자의 숙련도와 작업의 난이도보다 작업 스케

줄에 우선해서 계획이 짜여 있다는 뜻일 게다. 누가 해도 하다 보면 능률이 오르는 일, 특별히 솜씨를 요구하지 않는 일을 며칠째 하다보니 문득 나의 일에 대해 생각해보게 된다.

과연 내가 지금까지 해오던 일이 누군가에 의해 대체될 수 있는 일인가? 어느 정도면 가능하고, 만약 있다고 가정한다면 내 전문성에 비추어 나는 합당한 대가를 받고 있는가?

지나가는 하천 위로 빗방울이 꽤 소란스럽게 떨어지고 있다. 신문을 굽어보는 어르신 모자에는 'obey!'라는 흰색 알파벳이 빨간 사각형 바탕에 자수로 박혀 있다.

처음 출근하던 날 나는 지하철 환승이 헷갈렸고 퇴근길엔 졸다가 내릴 역을 두 번이나 지나쳤다.

지하철로 출퇴근할 때마다 나는 가게에서 마주치는 사람의 몇백 배의 사람들을 보곤 한다. 가끔은 그들의 얼굴이 내가 주머니에 넣어서 다니는 책 속의 글자들보다 신기해 보인다.

이태원에서는 그렇게 흔한 외국인을 출퇴근 1호선에선 한 명 밖에 보지 못했다.

경의중앙선 개방형 역사 커피자판기의 동전 떨어지는 소리가 이렇게 경쾌할 줄은 몰랐다.

학사학위가 전부지만 이런 일을 하면서도 주머니에 굳이 몇 분간만 보게 될 책을 가지고 다니는 걸 보면 누구 말마따나 나는 먹물임을 인정하게 된다.

나는 왜 비 맞는 것을 좋아할까? 아니, 왜 우산을 들고 다니지 않는 것일까? 우산을 위해 한 손을 내준다는 것은 참으로 커다란 관용이다. 내 손이 다른 고귀한 용도에 쓰이게 하라. 우산 따위를 챙기기보단!

비가 오는 겨울, 헐벗은 나뭇가지 아래는 비를 피할 곳이 되지 못한다.

에스컬레이터의 깨어난 지 얼마 안 된 표정들이 마주보며 스쳐 지나간다.

우산 꼭지를 바람 부는 쪽으로 향한 채 걸어가는 초등학생들은 나와 마주치기 전에 방향을 알아서 바꾸고, 나 또한 그들로부터 집짓 피한다. 발걸음이 가볍다.

카스테라 빵 종이를 던지는 쓰레기통 주변, 운동기구가 있는 아파트 쉼터, 미끄러워 보이는 철봉에 앉아 비를 맞으며 직박구리가 울고 있다. 직박구리가 빵 부스러기를 주의 깊게 지켜보는 여기는, 여기는 행복한 부영2단지.

장사의 곤란함2

세상에는 나보다 실력이 좋은 사람과 물건을 잘 사는 사람이 많다는 것을 인정해야 하는, 인정할 수밖에 없는 그런 순간들이 있다.

그 사실을 알게 되는 순간, 나는 내 초라한 현재를 조망할 수 있는 값진 기회를 불가피하게 제공받는다.

돈 많고, 혜안이 있고, 보다 성실하고, 커넥션이 좋으며, 더 수준 높은 고객을 많이 거느리고 있는 이들과 내가 다르다면, 나는 정말 다르긴 한 걸까? 내가 더 잘 할 수 있는 방법이 남아 있을까?

억지로, 하지만 예전부터 예감했던 닳고 닳은 생각들을 다시 해보는 것이다.

오늘 스쳐간 손님들의 요구에 대해 생각해본다. 나는 어떤 말을 하였고 어떤 흉한 표정을 지었으며 그들은 또 어떤 요구를 늘어놓았는지. 나는 그것들을 어떻게 돈으로 환산했는지 따위를 반성해본다.

답은 없다. 잔고도 없다. 곤란한 순간이 오고간다.

겉보기에는 아무런 문제가 없고 흠잡을 맛도 아니지만, 색다른 맛을 먹어 보고 싶은 그런 기호는 숨길 수 없다.

푸념과 무기력 사이에 옆을 보니 큰 바퀴벌레가 펄쩍펄쩍 날개를 휘두르며 환한 가로등 뒤로 사라진다.

오토바이 불빛이 점점 다가오더니 건물 앞에서 멈춘다. 중앙일보 배달원이 들어갔고 계단 위로 철푸덕 비닐에 담긴 신문이 떨어지는 소리가 난다. 자동 센서 계단 등이 순서대로 켜졌다가 한참 후에 꺼진다.

오토바이를 타고 다니면서 횡단보도에서 신호를 기다릴 때면 나는 오토바이 기사님들과 잠깐이지만 짧은 순간을 공유한다. 그들의 환영이 길을 잘못 든 고양이 실루엣처럼 순식간에 지나간다. 지난 밤 퇴근길, 소월길에서 하마터면 고양이를 칠 뻔했다.

곤란함이 아직 곤궁함은 아니기에 맘을 편안하게 가져보지만 한동안 이런 고민을 반복해서 할 것 같다.

아직 문을 열면 서늘한 공기가 밀려오는 밤이다.

레트로 블루스

헤이, 우리 시계 배터리나 갈까?

오늘도 인터내셔널 와치 딜러 남 실장이 가게를 열자마자 믹
스커피 타 마실 시간도 안 주고 두 손님이 문을 열고 들어왔는
데…… 먼저 들어온 쪽이 가봉 출신 사차, 그리고 뒤쪽 붙임성
좋은 친구는 나이지리아 출신 프랜시스.

프랜시스는 예전에 가게에 온 적이 있는데, 시계 배터리를
싸게 교체 받았다고 친구를 끌고 온 모양이다.

짝퉁 롤렉스 가죽 스트랩과 떨어져 나간 시계 인덱스를 순
간접착제로 붙여주고, 쓰레기통에서 막 꺼낸 듯한 시계 세 개의
배터리를 갈아주었다. 하지만 서비스 비용은 다 합쳐 만 원이
채 안 되니. 나도 울고 프랜시스도 감동의 눈물을 흘렸다.

혈기 왕성한 프랜시스는 쉬지 않고 안경이며 카메라며 시계
의 가격을 물어본다. 착한 주인장이 순식간에 장사꾼으로 돌변
한 것도 아닌데 가격만 말하면 웃는다. 절대로 비싸게 팔지 않
기로 유명한 여기가 바로 디스 레트로 라이프인데도.

가격만 말하면 왜 웃느냐고 물어보니, 자기는 한국 사람이
아니라 비싸다고 한다. 사실은 내가 그네들에게 부르는 가격

은 언제나 대한민국 평균 가격보다 싼데도 그렇단다. 힙스터 놈들 한테는 빨리 쫓아내기 위해 비싸게 부르곤 있지만. 뭐 어쩔 수 없지, 이방인의 감각과 생각은 항상 존중되어야 하니까. 추운 겨울 마음 따뜻한 서비스 비용이 디스 레트로 라이프의 자랑이란다, 프랜시스. 따뜻한 봄의 햇살은 누구에게나 공평하지 않겠니? 월요일 오후를 훈훈함으로 가득 메운 사차와 프랜시스의 표정이 좋다. 그런 사진 한 장 남으면 족하다.

헤이, 우리 시계 배터리나 갈러 갈까?

p.s. 그리고 나서도 한참을 다양한 인종의 다양한 외국인들이 배터리를 교체 받고 갔다고 한다. 한 번에 10개가 넘는 시계를 들고 온 녀석들도 많았다. 하지만 디스 레트로 라이프의 합리적인 서비스도 만년 적자를 감당하긴 어려웠으니…… 가게를 접고 일 년이 지났지만 아직도 우사단 단골 할머니들의 전화와 외국인들의 DM을 계속 받고 있다.

제임스 응구기 바우어

제임스는 독일계 케냐인으로 직업은 승무원.

　직업 때문에 아시아 여러 국가를 두루 다녔지만 인도와 중국에선 드센 장사꾼들 기세에 질렸고, 일본에선 특유의 신중한 국민성 때문에 사람들과 소통하기 어려웠다는 그. 한국은 그럼에도 디스 레트로 라이프처럼 특이한 물건과 상품을 합리적인 가격에 파는 상점도 있고, 디스 레트로 라이프 남 실장이 저렴한 가격에 옷 수선집에도 데려다주었기 때문에 앞으로도 계속 좋은 인상을 가질 수 있을 것이라 한다.

　나는 그가 보기보다 어릴 것이라 짐작했는데, 그도 나와 같은 생각을 했고, 둘은 서로의 나이를 알고선 함께 놀랐다. 36살이란다. 왜 결혼을 여태 안 했냐고 물었는데 너무 많은 곳을 돌아다녔기 때문이라는 뻔한 대답이 돌아와 실망했다. 서울에 오면 주로 어딜 가냐고 물으니, 이태원은 관광객이 너무 많아서 싫고(그럼 너는?), 강남은 그냥 사람이 너무 많아서 싫다는 매우 한국적인 대답을 한다.

　일주일 체류 기간의 마지막 날, 드디어 어제 보고 간(무려 30

분간 만지작거리며 망설이던) 카레라 접이식 선글라스와 친구 선물용 카레라 80년대 빈티지 선글라스를 사기 위해 다시 찾았다.

우리는 함께 종로6가 신진시장까지 걸었다. 종로의 옛 골목 풍경들이 너무 신선했나보다. 홍대를 많이 가봐서 강남 스타일 정도는 구분하는 그는 이런 전통적인 종로의 풍경이 강남보다 낫다고 했고 나도 그의 한국적인 생각에 동의했다.

종로5가 지하철역까지 바래다주면서 우리는 담배를 피웠다. 3호선 홍제역으로 가려면 종로3가에서 넘버3를 타라고. 현재 독일에서 살고 있는 그는 만약 독일에서 옷 수선을 맡겼다면 미리 예약하고 기다려야 하고, 비용은 3만 원 정도 내야 한다고 했다. 나는 여기 수선해주시는 사장님도 아주 바쁜 분이라고, 일감이 많은 시간대를 피해서 온 우리가 억세게 운이 좋았던 것이라고 지지 않고 말했다.

p.s. 제임스는 이 글을 쓰고 1년 정도 지나서 이태원 우사단 가게를 우연히 찾아왔다. 우리는 반가운 포옹과 인증샷을 찍었지만, 더 좋은 빈티지 선글라스를 예전 가격에 달라고 해서 잠시 서먹해졌다. 하지만 어김없이 다음 날 다시 찾아와 선글라스를 구매했다는 훈훈한 일화가 있다.

채기 아줌마의 반지

.

우사단로에 위치한 디스 레트로 라이프의 남 실장은 그날 밤도 떠들썩한 이태원 메인 도로와는 상황이 정반대인 무슬림 사원이 있는 우사단길 어두운 가게에 앉아 장사할 생각은 던져두고 스산한 날씨만 탓하며 책을 읽고 있었다.

어둠이 짙어질 즈음 아이쇼핑의 대가, 디스 레트로 라이프 단골손님 채기 아줌마가 모습을 드러낸다. 젊은 시절 러시아에서 수학한 채기 아줌마는 교양인답게 옷매무새도 좋고, 메이드 인 차이나 제품을 싫어한다. 중국이 몽골을 억압하는 사정 때문인지는 몰라도, 국산이나 일본 시계를 선호한다. 남 실장은 중국산 부품이 들어간 일본 브랜드 시계를 몇 번 팔기도 했다. 쏘리 채기.

채기 아줌마는 외투 세 벌을 골랐다. 그리고 갑자기 반지를 꺼내더니 내일 자기 친구가 몽골로 가는데 옷이 필요하다며 손짓 발짓을 하며 설명하기 시작했다. 15일 저녁 9시경에 와서 돈을 치를 테니 옷을 달라고.

그러면서 늘 가지고 다니는 친척 사진을 보여준다. 얘가 내

동생이고 아직 학생이며, 애는 일본 사람과 결혼해서 얻은 아들이고, 아들은 공부를 잘하고 한국말도 잘한다고. 그 옆에 있는 자신을 알아보겠냐고 구겨진 컬러 사진을 보며 한참을 러시아어로 설명한다. 한국어를 모르는 채기 아줌마는 뭔가 하고 싶은 말을 천천히 고르는 중인 것 같았다. 마시던 커피를 조금 따라주며 이야기를 계속 들었다.

비닐에 옷을 싸주며 이것이 그 친척들을 위한 옷이구나 생각했다. 생각 같아선 더 싸게 드리고 싶지만 이상하게도 가격이 싸면 의심을 하는 채기 아줌마의 성격을 알고 있는 터라 적정선으로 받았다.

그녀가 사라지고 나서 반지를 들여다보고 있자니 뭔가 처량한 느낌이 든다.

몇 번의 외상 손님들의 얼굴이 떠오른다. 주로 외국인이다. 하지만 반지를 받은 적은 처음이다. 자기 말을 믿어달라는 신용의 담보물이지만, 과연 내가 판매하는 물건이 반지와 가치가 같은지에 대해 생각하자 조금 부끄러웠다. 괜히 받았단 생각도 들었다.

물건을 판매한다는 것은 때로는 다양한 사연이 끼어들어 오늘처럼 거래 완료 시점이 늦춰지기도 한다. 물건 대 물건, 그리고 물건 대 신용 같은 외상거래.

부디 좋은 소용이 되기를 그저 바란다고, 채기 아줌마 손에 들린 흰 비닐봉지에 담긴 옷들에게 혼잣말을 해보는 스산한 시월의 저녁.

    p.s. 당연하게도 채기 아줌마는 그녀의 소중한 결혼반지를 돈과
바꾸어갔다. 얼떨결에 전당포가 되어버린 디스 레트로 라이프.
같이 왔던 아들이 사진보다 잘생겨서 깜짝 놀랐다. 외모를
칭찬해주자 빙긋 웃는 아들과 채기 아줌마. 시간이 지나도 가끔씩
생각나는 장면이다.

라이베리아 비즈니스맨들이 중요한 전화를 받는 곳

아프리카 대륙의 서북단에 자리한 라이베리아 공화국에서 건너온 제이크와 레오는 자칭 비즈니스맨이다. 제이크는 깔고 앉았는지 비뚤어진 오리지널 구찌 선글라스를 가져와 내가 잡아준 적이 있고, 최근 가게를 자주 찾는 레오 역시 블링블링한 아메리칸 힙합 스타일을 추구하는 멋쟁이다. 나이는 둘 다 사십 대 초반으로 보인다. 무슨 일을 하느냐고 물어보니 삼성, 삼성이란다. 아마도 철 지난 휴대폰을 자국으로 수출하는 사업을 하는 듯하다. 때로 가게에서 보란 듯이 전화 통화를 한다. 자식들이 예의도 없어 아주. 이태원 우사단길에 나이키 에어를 신은 흑인들은 모두 이런 비즈니스맨이다.

　이혼을 수십 번해서 위자료 때문에 팍삭 늙어버린 어셔를 닮은 레오는 오늘도 카레라 포르쉐 디자인 선글라스 값을 깎으러 왔다. 올 때마다 반복되니 오늘은 나도 그만 무릎을 꿇었다. 옆에 서서 목걸이를 만지작거리는 제이크에게 "야, 네 친구 좀 말려다오" 했지만 제이크 역시 가격을 깎으려 한다. 내 이름을 묻길래 '남'이라고 했더니 지금 가족이 머무는 태국에서 '남'은

'물'이란다. 그리하여 그들을 위해 내가 우정의 믹스커피에 뜨거운 '남'을 부어준다. 레오는 남을 좀 넉넉히 타달란다. 짜식들 코리안 스타일도 모르고. 이 두 멋쟁이 흑인들이 한차례 가게를 쓸고 가면 늘 정체불명의 향수 냄새가 진동을 하는 터에 추운 겨울에도 창문을 모두 개방해야 했다는 월요일 오후의 지루한 소식.

p.s. 레오와 제이크는 가족 사랑이 대단해서 묻지도 않았는데 스마트폰으로 애들 사진을 보여준다. 하지만 여자 손님이 들어오면 번호라도 따려고 얼마나 치대는지, 말린 적이 한두 번이 아니다. 그래도 돈깨나 버는지 오리지널 빈티지라면 적당한 선에서 군말 없이 사가는 충성도 높은 고객이었다,고 회상하면 너무 좋게만 말하는 거겠지. 그렇지 레오?

"이거 얼마짜린지 알 수 있어요?"

또박또박 끊어지는 서울 말씨, 남색 실크 스카프에 유행 지난 회색 재킷으로 성장한 할머니가 필라 토트백에서 시계를 꺼내어 보여준다.

상태 좋은 세이코 회중시계로 평범한 디자인인데 초침이 센터 세컨드 형식이었다.

"이거 유품이에요, 일본에서 사 온 건데……."

스냅 방식으로 확인한 기계 내부엔 웬걸, 동전 크기의 수동 무브먼트가 보였다(무브먼트 크기가 작다는 것은 연대가 70년대 이후 제품이라는 뜻이고, 빈티지 회중시계로선 별 가치가 없다는 뜻이다).

"아, 이건 신형이네요. 구형이 10~15만 원이고, 이건 신형이라 7만 원밖에 안 돼요. 그냥 가지고 계세요."

가격을 듣자마자 표정이 굳은 할머니는 시계를 토트백에 집어넣었다. 시계를 담았던 작은 반지갑 같은 걸 찾는지, 다소 굼뜬 동작으로.

가방 안엔 팔려고 챙겨온 시계가 몇 개 더 있었을지도 모르겠다.

"유품이라 돈을 많이 받을 줄 알고 온 모양인데⋯⋯"

돌아가는 할머니를 보며 옆에 있던 김 사장이 말했다. 유품이건 아니건, 맘에 드는 물건이 아니었으니 살 수 없었다.

어떤 특별한 기억을 가졌는가 따위는 아무런 상관이 없는 것이다.

우리는 가치가 있는 시계를 선호하지만 사실 비싸게 거래되는 빈티지 시계의 가치 역시 유명한 사람이 어떤 영화에 차고 나왔다는 식의 역사적으로 공인된 사실에 기반을 두고 있기에 본질적으론 기억의 일부이다.

가치는 기억(역사적 사실)과 거기에 덧씌워진 허영심으로 구성된다. 1:9의 비율로.

시계를 손목에 차면 동경하던 유명인의 삶과 로망에 다가간 느낌, 사람들이 두루 인정해줄 것이란 기대, 성공이나 구하기 어려운 것들을 얻었다는 성취감. 이런 것들이 브랜드가 천문학적 금액의 마케팅을 통해서 기를 쓰고 얻고자 하는 브랜드 가치, 프리미엄을 구성한다.

왜 유명인들의 일거수일투족이 사진 찍히고, 엄청난 규모의 스포츠 행사의 전광판과 선수들의 손목에 왜 저렇게 크고 못생긴 시계가 달려 있는가? 그것은 바로 이런 허영심이 공격적으로 추구되는 가치임을 적극적으로 알리기 위함이다. 그것은 빛나는 시대정신의 선언이고, 매우 일방적인 메시지인데, 우리는 모두 저 브랜드의 담화문에 엄청나게 동의를 표하는 것이다.

만약 평범한 80년대 회중시계에 어떤 특별한 기억이 있었는지 알게 되었다면, 할머니가 들려주는 유품 이야기를 듣고 감동했다면, 시계 가격이 7만 원에서 더 높아질 수 있을까?

아쉽게도 절대 그렇지 않다. 우선 팔리지 않는 시계이고, 팔리지 않는 시계에 덧붙인 개인적인 기억이란 동정심만 자아낼 뿐, 가치가 결정되는 허영심과는, 빛나는 자본주의의 미덕과는 전혀 연관이 없기 때문이다(팔리지 않을 게 뻔하지만 사놓은 시계가 나중에 비싸게 거래되는 일도 물론 없진 않다. 하지만 물가 상승률과 화폐가 치가 전반적으로 하락하는 후기자본주의 시대를 사는 우리에게, 실질적인 가치 상승분은 미미한 수준이다. 그래서 내가 책 서두에서부터 롤렉스를 사라고 그렇게 강조를……).

할머니가 원한 것은 유품인 회중시계에 걸맞은, 일말의 흥정의 여지를 주는 그런 넉넉한 거래 가격일 것이다. 이를테면 그것을 여기까지 들고 온 수고스러움과 소중한 것이니 비싸게 팔 수 있을 거란 기대 역시 허영심, 매입 가격에 대한 일반인의 정보 부족의 해소 등을 두루 충족시켜주는, 한마디로 비싼 가격인 것이다.

그리고 우리는 그런 복잡한 생각을 시도할 새도 없이 당장에 필요하지 않은 것이란 말로 처음부터 봉쇄했다. 할머니가 생각을 고쳐먹고 시계를 계속 가지고 있다가 손자에게 물려주기로 했는지, 아니면 다음 가게에서 7만 원이나 그보다 비싼 가격에 시계를 팔았는지 알 수 없지만.

나는 나까마들이 흔히 사용하는 '가격을 놓는다'라는 말의 의미에 대해 생각해본다. '높은 가격을 놓는다'는 내가 자신 있게 팔 곳이 있다는 뜻이고, '낮은 가격을 놓는다'는 것은 절대 사고 싶은 맘이 없다는 뜻이다. 실전에서는 생각과는 다르게 가격을 낮게 놓으면(시세 대비 2만 원 이내에서), 사장님 저 한 번만 도와주세요. 다음번엔 잘할게요. 이런 뜻이다. 흑흑흑, 울면서 주로 내가 쓰는 방법이다.

배달

부슬부슬 내리는 비를 맞으며 노인을 따라 집까지 라디오를 운반했다. 하얀 대문집 왼쪽 첫 번째 문을 열고, 노인이 신발을 벗는 동안 그가 슈퍼에서 사 온 라면과 부탄가스를 대신 들어주었다. 문을 열기 전 도시가스 배관에 걸어놓은 남루한 흰색 팬티가 보였다. 속으로 생각했다. 6만 원이면 큰돈일 텐데. 노인은 라디오를 집까지 배달해주면 만 원을 더 준다고 했지만, 나는 엊그제 가게에 노인이 처음 왔을 때 제시한 6만 원 이상 받을 생각이 없었다.

노인의 방은 분무기로 골고루 뿌려놓은 것처럼 모든 사물의 윗면에 희고 고운 먼지가 도포되어 있었다. 얼마 안 되는 가짓수의 사물이 2평 남짓한 방 안에 놓여 있었다. 그럴듯한 가구도 없이 공간 박스와 다리가 접히는 소반이 다였다. 공간 박스 위에는 작은 물건들이 일정한 간격을 두고 놓여 있었다. 면봉 두 개 옆에 꼬아놓은 이어폰이 있고, 그 옆에 이쑤시개와 메모지, 판촉용 볼펜과 노란 고무줄이 있었다.

잘 정리된 듯하지만 한 번도 사용하지 않아 먼지가 쌓인 생경한 모습이 마치 고대 상형문자 같았다.

나는 묵직한 80년대 내셔널 스테레오라디오를 놓기 위해 오랫동안 자리를 차지했던 사물들을 들어서 라디오를 놓고, 라디오를 선반 삼아 그 위에 다시 사물들을 올려놓았다. 그리고 이쑤시개를 반으로 쪼개서 라디오 전원 버튼과 테이프 플레이 버튼에 각각 끼워 표시했다. 할아버지, 이 순서로 버튼을 누르세요.

빨리 나가고 싶은 속마음을 최대한 누르며 라디오 사용법에 대해서 설명하는 동안에도 노인의 끄덕임이 충분히 이해한 것인지 궁금해서 몇 번이나 아시겠죠? 하고 되물었다. 아시겠죠? (내가 지금 빨리 나가고 싶은 맘 당연히) 아시겠죠?

문가에 선 노인의 얼굴은 자세히 보니 부어 있었다. 최근에 넘어져서 생긴 것 같았다. 멍든 광대 위로 피가 마르지 않은 생채기가 두 줄 나 있었다.

나는 테스트용으로 가져간 테이프를 놔둘까 잠시 망설였다. 노래 테이프를 사러 지팡이를 짚고 길을 걷는 노인의 느린 동작이 연상되었기 때문이다.

가게까지 돌아오는 데는 30초도 걸리지 않았다.

노인은 이미 시디플레이어 기능이 있는 중국산 저가 스테레오를 가지고 있어서 자세한 설명은 불필요했을 것이다. 할아버지 라디오 있네요? 왜 또 사세요? 안 사셔도 돼요.

내가, 음악을 좋아해서……라고 했다. 음악을 더 크게 듣고 싶은, 그리고 오직 음악으로 이겨내야 할 시간이 있음을, 그 중 요함을 너무도 잘 알지만, 그래도 6만 원이면 큰돈이다.

힘든 것은 배달이 아니라 낯선 이에게 보일 것이란 생각을 하지 못했던 노인의 공간에 들어가 그 공기를 마시는 일이다. 준비도 없이 그 공간을 목격하는 일이다.

보광동 어느 골목길에는 비록 누추할지언정 정리가 잘된 단칸방이 있다. 그곳엔 전보다 조금 더 선명하고 맑은 음악이 흐를 것이다. 이웃들이 시끄럽다고 할진 몰라도 노인의 생활에는 큰 활력소가 될 것이다. 애써 밝은 추측을 해보지만 혼자서 지내고 있을 노인의 모습이 저 공간과 함께 머릿속에 박혀 지워지지 않았다.

지금도 노인의 방을 떠올리면, 라디오가 하나 더 늘었는데도 모든 것이 정갈한 소리 없는 공간과 공기가 그려진다.

나까마 김 씨

뭐 재밌는 일 없나, 차가운 겨울비의 기운이 가시고 바야흐로 따뜻한 봄 냄새가 날 때, 어김없이 그는 찾아온다. 두세 개의 봉다리에 나누어 담은 40~50여 개의 싸구려 기계식 시계 뭉치와 함께. 내가 좋아할 만한 특이한 선글라스를 쓰고 그는 찾아온다.

시계는 내 주머니를 꽉 채워주기 위함이고, 선글라스는 일종의 뇌물 같은 것. 우리는 똥 누는 자세로 쭈그리고 앉아 바닥에 시계를 들이붓는다. 참 사기도 그렇고 돌려보내기도 그렇고…… 큰 일 보고 안 닦은 느낌이 들지만, 이렇게 화창한 봄날이 시작되려는데, 뭔가 신나는 일을 찾아 나서야지.

아직 신이 나진 않는다. 그렇담 또 뭔가를 발명해야 한다. 쏟아진 시계들을 보며 가능성을 고안해낸다. 어쩜 이렇게 신나는 일이 없을까요. 나는 나까마 김 씨의 봇짐을 뒤지기 시작한다. 소매치기의 감각으로 가방을 뺏어 속까지 뒤지면 그제야 그 간절한 발명품들, 쓸 만한 시계가 한두 개 나오기 시작한다.

허허, 잡들고 내빼는 나와 김 씨와의 짧은 무언극. 어설픈 활극. 그렇게 우리는 한참을 쭈그리고 앉아 실없는 대화를 나누다 맥도날드에서 허기를 채우고 헤어진다.

그를 미워할 수 없는 이유는 그가 환영받지 못한 축에 드는 어떤 특별한 유형이기 때문은 아니다.

결정적인 비애를 품고 있다거나, 붙임성 없지만 성큼 다가서면 곧장 무장해제되는 부류에 속하지도 않는다. 이 바닥 사람들이 가지고 있는 일확천금식의 호시절 얘기도 하지 않고, 대박에서 쪽박으로 이어지는 닳고 닳은 풍월을 자랑처럼 목 뒤에 문신으로 새기고 있지도 않다. 오히려 특별하지 않은 그만의 이야기를 차근차근 수집해 아기자기한 선물처럼 내놓는 부류에 가깝다.

인간보다 관계가 우선일 때 스토리텔링은 너무 생략이 잦아 제대로 성립되지 않는다. 픽션이 들어갈 자리에 자신의 시그니처 같은 추임새나 제스처를 그림자처럼 끼워 넣는 재주는 저잣거리 스토리텔러의 필수 요건이지만, 그에겐 딱히 필요 없어 보인다. 자신의 목소리가 모든 걸 드러내기 마련이기에. 졸졸 따라붙는 무지함과 통렬한 탄식이 떨리는 목소리와 흔들리는 눈빛으로 표출될 때, 지극히 비이성적이고 감상적인 방식으로 거래가 술술 풀릴 때가 있다. 자신만의 거래 방식과 기법을 가지고 있다는 것은 하나의 개성이다. 단지 그게 장점인지 단점인지 구분하기 힘들다는 것, 도저히 산술적으로나 통계적으로 끼워 맞출 수 없다는 것에 그의 가공할 만한 비애가 존재한다. 시계

대금을 받은 그는 은행원 직원의 도움을 받아 딸 명의의 통장에
돈을 입금한다. 우리 나까마들은 왜 자기 이름의 계좌 하나 없
을까? 김 씨와 나는 맥도날드에서 헤어진다. 뒤도 돌아보지 않
고, 엉거주춤 빈틈을 주지도 않은 채 다른 방향으로 사라진다.
그리고 언제나 그랬던 것처럼 익숙한 만남을 하게 될 것이다.

레트로 블루스

나까마 김 씨2

"그게 말이지, 새로운 걸 알아낸다는 거 좋은 일이지. 난 그런 놈이거든. 재밌고 신기한 거, 사람들이 실증내고 무시하는 걸 내가 찾아내지. 야, 상당하드만. 근데 그거 갈켜줘. 뒷백 번호 있지, 그게 기계에도 같이 써졌으면 진짜지? 아냐? 어쨌건 내가 본 게 그런 건데, 뒤를 따서 확인하진 못했거든. 그러니깐 얼마에 사야 돼, 얼마? 응? 승민아, 승민아 이게 뭐니, 응?"

나는 밀려오는 광대들의 물결에 순응한다. 조금은 이상한 비유겠지만, 폴 토마스 앤더슨 영화에 등장하는 사이비 광신도들처럼 자신의 캐릭터를 끝까지 끌어올리는 것 같은 사람들을 발견할 수 있다면, 나는 정말 기꺼이 그와 술 한잔 기울이며 담배를 나눠 필 것이다.

'부리나케'라는 말은

'부리나케'라는 말은 묵직해진 동전 지갑 안을 들여다보며, 동전이 늘어나는 속도에 깜짝 놀랄 때 내가 자주 쓰는 말이다.

그 말의 속도보다 더 빠르게 하루가 휙휙 지나간다.

서둘러 따라가기 전에 그 뒤에서 관망할 수 있으면, 서두름의 앞에 매달려 순식간에 지나가는 풍경들을 놓쳐버리지 않았으면, 하고 비가 조금씩 꾸준히 내리는 것일까?

누가 자꾸 하루를 늘이는 것인가? 누가 비를 지속하는 것인가? 비의 속도에 대해 따로 언질을 받지 못했다. 비를 바라보지 않는 저녁은 부리나케 지나가 버린다.

지금 비 속도의 서너 배 정도일 때 밖에 있다면 나는 그렇게 될 것이다. 부리나케 도망치듯, 부리나케 쫓겨나듯, 부리나케 오늘이 가버렸지만, 잠을 자고 나면 나는 또 얼마간 주섬주섬 땅에 떨어진 것들을 줍고 있을 것이다. 부리나케 재고만 쌓이는 날들이다.

레트로 블루스

이제 내 삶은 예전처럼 행복하지 않다?

나는 아직도 문학작품이란 말을 즐겨 쓴다. 문학 텍스트나 소설, 서사문학, 이야기, 단편 혹은 중편 등이 아니라 '문학'을 떡하니 앞에 붙이고 '작품'이라고 강조하는 습관적인 명칭, 문학작품. 하지만 문학작품에 대해 하고 싶은 이야기도, 문학작품을 다시 읽고 싶은 충동도 거의 들지 않는다. 읽어야만 한다는 의무감을 느꼈던 시절은 도대체 다 어디로 가버린 것일까?

지금 나에겐 실존의 고통도, 비애감도, 지독한 아이러니도, 불온한 독설들도 모두 남의 이야기다. 젠장, 행복한데 그걸 왜 읽고 앉았냐 말이다. 지금의 삶에 문학이 간혹 끼어드는 순간은 모르는 단어나 의미를 찾기 위해 백과사전을 펼칠 때와 같은 성격을 지닌다. 알면 정확한 의미에 가까워지는 것이고, 모른다 해도 문맥이 통하면 그만이다. 행복한 일상의 충만한 활기가 문학의 존재를 거의 묵살시키고 있기 때문이다. 이제는 익숙한 레퍼런스의 하나일 뿐. 문학에 대해 어떤 추구도 불필요해 보이는 순간이 온 것이다.

그렇다면 지금이야말로 문학작품을 생산해낼 때가 온 것은 아닐까?

내가 문학에 이토록 초연했던 적이 있을까?

내 삶이 지독히 불행했을 때, 적어도 그렇게 엄살을 떨었을 때에만 문학에 경도된 것일까? 돌아보게 된다.

문학이 불필요할 정도로 사소해 보인 적이 없었던 것은 아니다. 생업과 먹고살기의 현장에서, 사회적 관계망 속에서 타인의 실존을 바라보며 동질감과 존재감을 문학적 상상력의 도움으로 지시받고 적절히 대처해나갔다. 그것은 단지 문학의 효용일 뿐, 문학의 필요성을 지지해주는 이유는 되지 않는다. 사후적인 처방이나 교훈으로서 경험적 증거에 속할 뿐, 문학의 절대적 이로움이 될 순 없단 뜻이다.

왜 책을 읽는가? 왜 문학작품 속에 담긴 의미를 포괄해야 하는가? 이러한 질문이 나에게 절실하지 않고 이미 체화되어 있다면, 이제는 그것의 생산 편에 설 때가 되지 않았을까? 대관절 그렇다면, 돈은 누가 버는가?

공짜로 주세요

추리닝 바람에 히잡을 두른 파키스탄 이민자 2세대 아이가 동네 오빠, 동생 들과 떼 지어 놀러와 이것저것 만지작거리고 있다. 구경해도 돼요? 그래, 나는 네 사진 찍는다. 아이들을 보고 있으니 내가 저만하던 시절, 사지도 않을 거면서 학교 앞 문구점 장난감들을 들춰보던 때가 생각난다. "내가 예쁘면 주세요." "공짜로 주세요." "이거 얼마에요?" 지네들끼리는 파키스탄어로 대화하다가 이런 말은 한국어로 또박또박 잘도 한다. 이들이 성장해 20~30대 청년이 되면 그때 우리네 풍경은 또 얼마나 달라져 있을까? 아, 크게 다르지 않겠구나. 한국 사회의 구조적 문제와 중압감에 사로잡혀 또래와 비슷한 고민을 하고 있을 모습이 그려진다.

리처드

그래 리처드 그게 네 이름이라고. 배터리 교체하면 얼마냐고 묻고, 가격을 듣자 너는 안심하는 표정을 지었지. 내일 찾아간다고만 해도 괜찮은데 네 이름까지 말해주었구나. 리처드 그게 네 이름이라고. 왜 이런 시계만 차고 다니냐고 묻는다면 실례가 되겠지. 아마도 편견이 가득한 질문일 거야. 달리 생각할 수도 있겠지만 내가 궁금한 것은 그런 게 아니다. 왜 이런 중국산 염가 제품들이 만들어지고 있고 이런 제품들이 너의 눈에 띄었는지. 다만 이런 트렌디한 상품들은, 그리고 저 조잡함을 감추러 일부러 화려하게 만든 다이얼은, 중국 대륙의 거대한 공장 단지의 어느 허름하고 기다란 방에서 다닥다닥 붙어 조립을 하고 있는 손들 사이에서 나오는 것이라고. 그 뒤에 프린트가 놓인 데스크탑에서 저저번 시즌 카달로그를 보며 기존 다이얼에서 폰트만 더 크게 하고, 너무 많이 만들어놓은 재고 시곗바늘을 재활용하고, 저저번 초침 색깔과 다른 도료를 사용해서 또 다른 시계의 얼굴을 만드는 제작자의 모습이 보인다고. 사후 처리 비용보다 맞교환을 해주는 게 더 나은, 품질 위험을 낮추고 단가도 낮춰

가며 빨리빨리 신상품을 찍어내는 시장. 한 번 쓰고 버리는 액세서리처럼 만들어 팔기 위한 시계라는 걸 너는 생각지도 못했을 게 뻔한데. 그래 리처드 그게 네 이름이라고. 내일 3천 원을 들고 올 너의 씩씩한 걸음걸이 기대하고 있으마.

조금만 더 미남이 되자

한 해의 마지막 밤을 잠시 광화문에서 보냈다. 곧 집으로 들어왔지만 참 멀게 느껴진다. 올 한 해도 나는 미친 듯이 물건을 사고 미친 듯이 책을 빌렸지만, 물건은 몇 개 못 팔고 책도 거의 다 읽지 못하고 반납했다. 12월 들어 태어나 처음 출퇴근하는 일 같은 일을 시작했고, 출퇴근길을 이용해서 가게를 열 때보다 더 독서를 집중력 있게 한 것 같다. 불만은 늘어나고 사람의 욕심과 욕망은 더 극단적으로 날을 세우게 된다. 주변 사람들에게 더 못되어지고 자기의 결점을 드러내는 시선에는 한없이 무뎌진다. 올 한 해도 나는 나의 취향을 드러내는 물건들을 사서 팔았지만 '그럭저럭'이란 수식어에도 한참 못 미치는 성과를 얻었다. 이제 다른 일을 해야 하나.

음식이 너무 싱겁게 느껴지고 급한 마음에 자꾸 단 것과 매운 것만 찾게 된다. 성미는 급해졌지만 다행히도 입 밖으로 뱉는 말은 점점 줄어드는 듯도 하다. 옷에서는 계속 담배 냄새가 나고 검은 옷을 입으면 비듬에 신경이 쓰인다. 단골 사장이 자기가 내년에 예순이라고 하는데, 내 나이도 그 예순과 조금 더 가까워진 듯 느껴지는 것이다. 고향에 점점 자주 가지 못하는 것 같다는 불안감이 들고 손톱은 점점 끝이 뭉툭해지고 두툼해지는 것 같다. 얇은 바지를 입으면 무릎이 시리고 걸을 때 한 쪽 무릎에 무리가 가는 것 같다. 안개가 도로에 달라붙어 축축한 아스팔트 위에서 스쿠터 앞바퀴가 점점 가늘어지다가 휘어질 것만 같다. 머리 위 전깃줄들이 눈발에 점점 내려앉을 것 같다.

올 한 해 나는 얼마나 많은 비닐봉지를 쓰고 또 얼마나 자주 비닐봉지를 접어 버렸는가. 얼마나 많은 일회용 젓가락을 뜯었는가. 편의점에서 만 원을 내고 오천 원과 함께 얼마나 많은 500원을 손에 쥐었는가. 얼마나 자주 커피 맛에 감동하고 또 커피 집을 바꿨는가. 얼마나 많이 콘센트를 찾아 커피숍 탁자 밑을 기었는가. 얼마나 많이 바코드를 찍는 카운터 뒤에 시선을 내버려 두었는가. 얼마나 많은 페이지를 넘기고 또 책 귀퉁이를 접었는가. 표지가 기억나지 않는 빽빽한 활자들을 따라 얼마나 눈알을 굴렸는가.

물을 많이 자주 마셔야겠다. 화장실도 자주가고, 손도 자주 씻고, 영화 같은 걸 보면 꼭 메모도 남기고, 책을 보면 제목이라도 적어놔야겠다. 잘하는 요리 몇 가지를 완성하고, 이제는 좀 좋아하는 작가의 책들에 집중하자. 길을 잃지 않기 위해서가 아니라, 매번 신선해 보이지만 내가 갔던 길을 다시 걷지 않기 위해서. 아이스크림을 줄이고, 늘어난 양말을 버리고, 아이 앞에서 큰소리를 치거나 욕하지 말자. 조금만 더 미남이 되자.

담배의 발명

담배를 끊기 위해서는 새로운 담배를 발명해야만 한다. 하지만 금연을 시작한 사람에게 이 발명은 요원하기만 하다. 흡연하는 중에는 당최 이 발명의 필요성을 느끼지 못하기 때문이다.

그리하여 아무것도 발명하지 못하는 나는 대체 불가능한 것을 대체할 수 있다는 미신을 허락할 수 없다.

산길을 홀로 거닐다 발밑에 부석거리며 밟히는 낙엽을 한아름 팔 벌려 긁어모아 태우고 싶다.

담배를 끊는다는 건 니코틴, 타르 등 각종 발암물질 흡입을 중단한다는 것. 이외에도 담배를 피우면서 단행하는 일상의 국면 전환, 담배 피우러 나간다고 하고 불편한 분위기에서 잠시 벗어나는 좋은 핑계거리 등 습관적인 일상의 자연스러웠던 행위를 전면 대체해야 함을 뜻한다.

그것은 하루키 소설의 주인공처럼 늦은 밤 사러 나가기 귀찮아 담배를 끊었다는 식의, 누군가에게 들려주기 위해 단행하는 게 결코 아님을 13일째에 몸으로 절실히 깨닫는다.

머릿속으로 계속 연기가 새로운 담배를 발명해야 한다.

3,

어반
레트로
피버

디테일에 의존하다 보면 대부분 길을 잃는다.
꿈속에서도 현실에서도 마찬가지더라.

◀◀

아침에 눈이 내리는 걸 보니 갑자기 'A Song for You'가 듣고 싶어서 유튜브로 음악을 틀었더니 아내가 관심을 보였다. 이 가수 모르냐고, 그 뭐냐 조지 벤슨이 부른 'This Masquerade'도 이 사람이 작곡한 거라고 아는 척을 했더니, 영상을 본 아내는 멋있긴 한데 왠지 불쌍해 보인다고, 없어 보인다며 영상 속 리온 러셀의 초록색 스키니 탱크톱을 디스하는 게 아닌가? 그런가, 오랜 흡연으로 치열이 엉망이라 그런가, 아마도 음색이 좀 불쌍해서 그런 게 아닌가 싶기도 하고. '어 송 포유'는 굉장한 히트곡이지만 그의 다른 곡은 나도 잘 모르기 때문에 리온 러셀은 오늘 아침 그냥 불쌍한 사람으로 판명이 났다.

러셀을 처음 접했을 때가 생각난다. 2000년대 중후반, 유튜브가 활성화되면서 그간 실물을 접하기 힘들었던 전설적인 뮤지션들의 라이브 무대를 볼 수 있게 됐다는 건 가히 충격이었다. 우연찮게 연관 동영상이 뜨면서 러셀의 라이브 무대를 보게 되었는데, 히피 싱어송라이터의 신이 존재한다면 이런 모습일 것 같았다. 불경스런 아우라가 지배하는 그의 연주는 흐느끼는 피아노와 정제되지 않은 목소리에도 불구하고 투명하리만치 맑은 소울을 뚝뚝 흘리고 있었다. 이미 할아버지 나이라 목 상태도 최고는 아니지만, 그래서 꺼이꺼이 물고 늘어지는 흐느낌과 비애가 점철된 담배를 꼬나문 그 모습을 넋 놓고 반복해 보았다. 리온 러셀의 절창은 지금 들어도 뭔가 혼이 빠질 듯해서, 그 멜랑콜리한 여운은 마치 무심코 창문 밖을 봤더니 전혀 예상치 못한 천재지변이 일어났는데 혼자 있어서 아무에게도 그 소식을 알릴 수 없는 고독의 감정, 얕은 숭고함 내지는 익숙한 풍경이 전혀 새롭게 바뀌는 것에서 오는 순간적인 환각-비애감을 닮았다.

그래, 이런 노래라면 부르고 싶다. 이런 가사는 평생 한 번

밖에 쓰지 못할 것이다. 내가 무대 위 삶을 연기하고, 떠돌며 노래하고, 미친놈처럼 삶을 영위했지만, 내가 혼자 있을 때 나는 당신을 위한 노래를 불러요. 그리고 내 비록 공연 때문에 당신과 함께할 수 없는 지금 이 시간, 최고로 내가 돋보일 때, 혹은 최고로 내가 고독할 때 비로소 당신을 위한 노래를 하게 된다는 것은 존재론적 자기 확인이자 확신 가득한 사랑 고백이기도 하다. 그리고 모든 노래는 바로 자신을 위해 부르는 것이라는 당연한 사실을 역설하고 있다. 자신을 위해 부를 때 노래는 비로소 내 바깥으로 향하는 테마와 비전을 갖게 된다. 노래하는 행위는 결국 자기 위안이라는 것. 그래서 우리는 노래할 수밖에 없다고 말한다. 코인 노래방의 존재론 같지만, 사실 이는 일종의 종말의 감정이다. 왜냐하면, 우리 모두는 결국 혼자가 될 것이라는 점은 너무도 명백하니까. 나를 위해 당신을 노래한다. 나를 위해 당신을 사랑한다. '나는 노래하는 사람'을 '당신을 위한 노래'로 변주하는 종교적인 감정. 진부하지만 아름다운 사랑의 변증법이다.

오늘 아침 문득 불쌍해진 리온 러셀 할아버지를 위한 작은 비가를 써본다.

◀◀

멀리 보인다. 구름이 흘러가는 것을 본다. 본다는 행위에 슬쩍 계절의 바뀜을 끼워 넣는다. 저 구름은 이미 이동해버렸다. 지나가 버렸다. 나는 할 말을 생각해내기보단 묵묵히 바라보는 쪽이 더 낫다는 사실을 매번 늦게 깨닫는다. 그래서 사진 찍는 게 더 편하고 정확하다는 거짓말을 또 발명한다. 순식간에 구름과 관련된 망상, 그 일련의 흐름은 거짓으로 판명 난다. 내가 처음

봤던 것은 저 구름이 아니었다. 지나가 버렸다. 어떤 순간은 늘 쉽게 시야에서 사라지고 빠져나간다. 순식간에 다른 모습으로 바뀌고 만다. 그럼에도 내가 보았기 때문에 이런저런 냄새와 풍경과 의미가 가까스로 존재하게 되는 것일까? 말과 사진은 늘 부족하고, 예지동 시계 골목 빛바랜 천막 사이로 드러난 가을 하늘과 저 구름은 금세 공허해지기로 한다. 짧은 막간극이 끝나면 우리는 골목 밖으로 튕겨난다. 언제 그랬냐는 듯, 다시 오기 전까진 구름과 함께 일단 빠져나가야 한다. 또 다른 무대 위로 급히 분장을 마치고 올라가야 한다. 주머니 속에 팔아야 할 시계들이 부딪쳐 출렁인다.

◀◀

노래가 너무 좋아 질릴 때까지 듣다 잠든 적이 오래다. 잠드는 게 쉽지 않아지면서 음악은 우선순위에서 쉽게 밀려난다. 몸이 나 귀를 피곤하게 하기 위해 큰 소리로 음악을 듣는 것은 음악 이 좋아서가 아니라 잠을 자야 한다는 절대 명제를 실천하기 위 한 우둔하고 게으른 방법들 중 하나다. 음악이 그렇게 뒤로 빠 지면서 아무것도 채워주지 못할 때가 온다.

  낭패다. 어렸을 적엔 별 자각 없이 쉽게 했던 것들이 하나둘 자연스럽게 술술 되지 않는 때가 온다. 가로등 불빛이 새어 들어오는 침대에 누워 희미하게 전원 램프가 깜박이는 빈 컴퓨터 화면과 눈이 마주치면 낭패다, 라고 속으로 읊는 순간 눈을 뜬다. 뚜렷하게 들려오는 방안의 고요. 야트막한 어둠의 밀도. 서성이며 잦아드는 대학가 골목길의 짧은 소음들. 너무 좋아 잠들 때까지 생각하던 노래 가사가 아침에는 도무지 생각나지 않는다.

◀◀

이제 막 도착했다. 23년 만에 찾아온 최악의 폭염과 함께. 지글
거리는 땅바닥에서 하루의 영업이 개시된다. 명동 영프라자 맞
은편, 좁지만 항상 관광객으로 붐비는 인도 위 줄지은 관광버스
뒤에서 막 작은 여정이 꾸려지고 있다. 직업? 그저 어제까지 해
왔던 일을 오늘도 하는 것일 뿐. 다른 할 일이 생각나지 않아서
남들 눈에 띄는 일을 하게 된 거지. 시선 받는 직업이란 다 힘든
거 아니겠어? 그래, 꼭 사지가 멀쩡하면 안 된다는 법이 있나?
아니 당신들은 멀쩡하지 못해서 뭘 못한다는 거야? 나는 계속

해서 하루의 운을 시도하고 단 하루도 빠지지 않는다고. 내 순수함을 의심한다면 당신들은 얼마나 깨끗해? 그래, 나도 값싼 동정은 속물적인 인간의 특질이고 그걸 이용한다는 사실에 꺼림칙한 면이 없진 않아. 하지만, 중요한 것은 말이지, 모든 일의 순서이고, 그 순서에 맞는 내 역할에 충실하다는 점이야. 여기에서 지하철역까지 수십 바퀴를 돌면서 내가 추구하는 게 있어. 절대 육체적인 도움을 받지 않는다. 혼자서 해야 한다는 것이지. 나는 내 고독을 사랑하고, 바닥에서 바라본 거리의 밑바닥 풍경도 익숙해지면 나쁘지 않거든. 바닥은 말이야, 내가 싫어하는 사람 목소리가 안 들려. 둔탁한 발소리만 들리거든. 중국인이건 일본인이건 한국인이건 눈을 보는 일은 피곤해. 그 흐리멍덩한 시선과 생각 없이 내뱉는 말들을 보고 듣지 않아도 되거든. 무수히 흘러가는 보폭과 신발 소리, 굴러가는 바퀴들의 세계는 언제나 나에게 같이 가자고 하지. 나도 곧 따라가겠다고 답해주거든. 나보다 더 내 일을 사랑하는 사람이 나타날까? 내 곁에서 같이 움직이며 새로운 길을 가리켜준다면 뭐 굳이 마다하지 않겠어. 언제든 나는 저 오토바이에 올라 빠르게 도망갈 준비가 되어 있거든. 나는 내 일을 사랑해. 그러는 당신은? 뭘 그렇게 쏘아보는 거야?

◄◄

날씨에 관한 말들은 대부분 진짜 정보를 담고 있지 않다. 오늘 날씨에 대해서 말하거나 내일 날씨가 어떨 거라고 예측하는 말들이 오갈 때 우리는 '정보'를 기대하지 않을 때가 많다.

날씨는 의견이다. 아주 인간적인 의견. 취향의 주변을 형성하며 어떻게 변할지에 관해 미리 준비한 말들, 이미 정해놓은 것들을 다른 사람의 생각을 빌려와 확인하는 절차 같은 것이다. 내일 비가 올까요? 오늘 날씨는 무척 화창했죠? 불쾌지수가 높고 푹푹 찌네요. 우리가 바라는 건 변화무쌍한 자연의 변화와 숭고함을 과학적 필터로 여과시킨 단순 정보교환이 아니라, 그저 흔들리는 인간의 감정에 대한 대응물로써 날씨라는 항목을 선택해 그것에 어울릴 정서를 꾸려 서로의 눈앞에서 흔들어주는 차분한 의견 교환이다. 뉴스의 말미에 덧붙여져 오늘의 의견을 취합하고 내일을 예견하는 날씨 코너는 얼마나 자연스러운가?

◄◄

녹슨 자전거 체인이 주인의 무신경을 드러내고 있다.

우리는 살면서 자신에 대해 아는 바가 늘어날수록 겁을 내고, 한편으론 당당해지려 하는 습관을 굳히게 된다. 겁이 난 것에서 녹이 슨 부분까지 포함해서 '뻔뻔하다'라고 한다.
뻔뻔함의 생성에 관한 부정변증법!

인간은 쉽게 변하지 않는다.

공원 화장실에서 20대 후반의 남자가 오른손 손가락의 절반을 치약과 침으로 덮어가며 양치에 몰두하는 모습을 보고, 내가 왜 내가 공중화장실에서 이를 닦지 않는지를 알게 됐다.

　안정감이란 것도 엔도르핀처럼 특정 상황의 반복과 그 강도에서 오는 뇌의 화학작용이라면, 적어도 그 남자에겐 유지의 필요성이 충분히 있어 보인다. 하지만 문제는 그 빌어먹을 안정감을 눈앞에 보이는 것으로 만들어, 무슨 표어나 슬로건처럼 남들 앞에 확실히 내보여야 하는 의무감도 충분히 있어 보인다는 것.

　인간은 쉽게 변하지 않는다. 부족한 사람들이 있어서 필요로 하는 사람들이 발명되곤 한다. 필요를 느끼지 못하는 사람은 그저 고요하다. 안정감은 텅 빈 잔잔한 호수 같은 게 아니라 요동치고 빗물이 흐르고 흙이 풀리어 탁한 계곡물 같은 것이다.

　젖은 낙엽을 등에 붙인 채 사람들이 페달을 밟는다. 녹은 적당히 슬어도 좋다. 찌걱찌걱 소리가 나도 좋다. 그걸 뭐라고 부를까? 내게도 적당한 순서가 올까? 속절없이 우리는 뻔뻔한 중년이 되어 간다.

◀◀

남자는 담배를 끊을 작정이다. 집에서건 화장실에서건 연초를 피는 것을 스스로에게 금한 지 한 달여가 지났다. 밖에선 연초를 피운다. 가끔이라고 해야 할 정도로 줄긴 했다. 대신 전자 담배를 늘 휴대해야 맘이 편하다.

남자는 오전 11시 즈음 집을 나와 우체국으로 가서 미국에 두 건, 이태리에 한 건, 그리고 트래킹넘버가 없는 소형 항공 포장물 다섯 건을 발송하고 현금으로 계산했다. 잔돈 백구십 원은 동전 지갑에서 꺼낸 십 원짜리로 냈다. 우체국을 나와 바로 앞에 있는 버스정류장에서 버스를 탔는데, 남대문 상가 쪽으로 가는 줄 알았던 버스는 을지로입구에서 우회전하여 시청 쪽으로 향했다. 남자는 살짝 당황했지만 서소문에서 내려 숭례문 방향으로 걸었다. 유재하의 '우리들의 사랑'을 부르면서 로터리에서 횡단보도를 건너 남대문으로 향했다.

시계 골목에서 여자용 오메가 드빌 다이아몬드 베젤 메쉬 브레이슬릿 시계와 아르데코풍 러그가 달린 해밀턴 스몰 세컨드 시계를 35에 산다. 다른 가게를 기웃거리다가 오메가 컨스틸레이션 씨형 베젤 골드 캡드 시계에 오리지널 스트랩이 달려 있는 것을 보고 55를 불렀다. 남자는 여자 친구에게 줄 도시락 통을 사러 수입상가에 들렀지만, 다이소와 별 차이가 없는 듯했다. 여자 친구가 갖고 싶다고 말했던 큼직한 접시를 사려했지만 꺼내기가 복잡해 보여 묻지도 않고 자리를 뜬다.

남자는 수입상가 한쪽에 엔틱 탁상시계와 미키마우스 손목시계 및 각종 아기자기한 시계가 말 그대로 퍼질러져 있는 이상한 가게를 발견하고 신기해서 사진을 몇 장 찍고 미키마우스 시계 가격을 물어본다. 태블릿으로 카톡을 하며 킬킬거리는 60대 주인장은 휴식을 방해받은 떨떠름한 표정으로 세이코 시곈데 왜 로러스라고 하냐며 면박을 주고는 20을 불렀다. 남자는, 다이얼에 로러스라고 적혀 있잖아, 목 끝까지 올라온 욕을 참으며 평정을 유지하려고 다른 시계를 보는 척했다. 다음에 들러 살 만한 시계가 몇 개 보였기 때문이다. 참자, 참아.

　　수입상가를 나와 버스 정류장으로 이동하던 남자는 다른 상가 쪽을 더 구경해보기로 한다. 계단을 내려가자마자 첫 번째 코너 악명 높은 도로부(도둑놈) 가게에서 나까마 김 씨를 우연히 만난다. 의외의 장소에서 만나 서로 쪽이 팔린 둘은 반가움을 가장한 함께 담배 피우기를 한다. 김 씨는 며칠 전 팔았던 오리엔트 다이버 워치와 비슷한 수동 모델이 있다며, 부분적으로 손볼 데가 있는 시계라 공짜로 준다고 했다. 그전 거래에서 얼마간 이문이 생겼다는 뜻이다. 막 생각난 듯 남자는 아까 도로부 가게 진열장에 있는 것들 중 그나마 쓸 만한, 카시오 영국군용 다이얼 시계를 구해달라고 핸드폰을 열어 사진을 보여준다. 이거랑 비슷한 거, 아까 거기 있던데 도로부랑 친하니깐 5에 끊어요, 알았죠? 나까마 김 씨와 헤어져 다시 상가로 내려간 남자는 2주 전, 던힐과 예마 다이버 공뽕(new old stock, 즉 미개봉 신품급의 사용감이 거의 없는 상품) 시계를 샀던 가게에 이제 살 만한 시계가 하나도 없다는 사실을 확인하고, 진작 실어 날랐으면 좋았을 텐데, 아쉬워하며 지상으로 나온다.

　　남자는 버스를 타려다 이왕 걸은 김에 소공동 지하상가를 둘러보기로 마음먹고 롯데백화점 쪽으로 길을 건넜다. 지하 통로로 내려가자 시계 가게가 보였다. 거기엔 롤렉스 데이트저스트 용 미제 14K 콤비 브레이슬릿이 있었다. 예나 지금이나 85란다. 롤렉스 빈티지 1065 가격을 물어보는데, 눈치를 깠는지 선뜻 답하지 않는다. 얼버무리긴, 언젠가 사와야겠단 생각을 한다. 가만, 저번에 여기서 산 딜러용 오메가 컨스틸레이션 벽시계를 한참 전에 수리 맡겨놓고 찾아오는 걸 까먹었단 생각이 든다.

빈손으로 지하상가에서 올라와 걸었다. 을지로입구 사거리를 지나 청계천 방향으로 움직였다. 날이 뜨거워 살갗이 후끈거렸다. 청계3가까지 걷다가 세운상가에서 종로 쪽으로 들어온 그는 몇 주째 아무것도 건지지 못한 S사를 그냥 지나쳐 예지동 골목 쪽으로 들어갔다. 폴리싱 집에 오메가 여자 드빌 다이아몬드 베젤 메쉬 브레이슬릿을 맡기고 다이얼과 기계를 빼와서 성신사에 맡긴다. 청판으로 부탁해요. 그리고 육일 전 맡긴 61GS 자동을 찾아온다. 남자는 요즘 동묘 나까마들이 꼬이는 개업한 지 얼마 안 된 진상 수리업자의 진열장을 기웃거리다, 휴가 갈 때 찰 거라며 뻐기는 팔목의 세이코 전자 다이버를 보며 장난삼아 흥정을 했다. 더 비싸게 팔고 싶은 의중을 알아채고 목소리를 높여서 화를 내본다. 왜 말 못해, 애매하게, 휴가 다녀올 때까지 기다리라고? 지랄하고 자빠졌네.

남자는 진상 가게 맞은편 예지상가 2층으로 올라와 선반집

미닫이 유리문을 밀며 삼 일 전에 맡긴 세이코 S 슈퍼의 덴싱이 나왔냐고 물어본다. 빨리 깎아달라고 다시 부탁한다. 남자의 말은 듣는 둥 마는 둥, 바빠서 하질 못했다는 뻔한 변명을 듣는다. 다음 주에는 꼭 옆에 앉아 한 시간 가량 째려보고 말겠단 다짐을 몇 주 전처럼 하면서 일단 내려온다.

　남자는 다른 시곗집 두어 곳을 훑어보면서 세이코 스모와 신형 솔라 크로노 제품의 가격이 각각 85와 38이라는 말에 기가 차서 대꾸도 안 하고는 신한은행 화장실에 들렸다가 버스 정류장 앞에서 신설동 방향 버스를 탔다. 그런데 망할 버스가 신설동 로터리를 지나서 대광초등학교에서도 한참을 더 올라가는 것이다.

　연속해서 버스를 두 번 잘못 타는 날도 있다. 버스에서 내린 남자는 방금 지나간 163번을 바로 타지 못해서, 뛰었다면 탈 수 있었을 거라는 생각을 뿌리치지 못하고 아쉬워한다. 신설동 로터리에서 내린 남자는 횡단보도 신호를 기다리다 갑자기 방언이 터진 40대 후반 가량의 지게꾼 남성을 본다. 키가 작은 것인지 손잡이가 너무 높이 달린 핸드카인지 팔을 쭉 뻗은 채로 핸드카의 바퀴를 발로 차면서 쉴 새 없이 혼잣말을 지껄인다. 누가 경찰서에서 먹여주고 재워준대, 돈 없으면 밥도 못 먹어. 갔다 왔어, 젠장. 누가 그래? 내가 봤어. 날 잡아 가둔 사람, 그

새끼 미웠어. 목에 걸린 피처폰이 대롱대롱 따라 움직였다. 자세히 보니 휴대폰 줄이 아니라 더러운 노끈이었는데, 군데군데 매듭져 있는 게 무던히도 끊어진 것을 다시 묶은 것 같았다. 너무 더워서 그래, 그럴 수도 있지. 남자를 비롯한 다른 사람들은 곧 바뀔 신호만 기다리며 시선을 이리저리 피하는 중이었다. 신호가 바뀌자 구원을 받은 사람들처럼 총총 걸음으로 뛰다시피 건너갔다.

두 개의 횡단보도를 지나서 풍물시장으로 들어간 남자는 세이코 쿼츠 군용 다이얼 야광판과 라도 여자 전자 및 카시오 멜로디 알람 시계를 7에 산 후, 현금이 필요하다고 징징대며 루미녹스와 세이코 신형 쿼츠 크로노를 들이미는 주인장의 부탁을 뿌리치지 못하고 31에 접수한다. 남자는 내일 곧장 10정도 까질 게 뻔하지만, 아까 피처폰을 목에 달고 헛소리하던 일용직 남자가 떠올라 던지듯 돈을 주고 나오면서 이상한 해방감을 느꼈다.

풍물시장을 나와서 청계천 도로를 따라 걷던 남자는 먹거리와 간식을 0.3에 사고 건너편으로 넘어가 만물에서 세이코 벨매틱을 3.5에 산다. 골목을 더 들어가 음써(맨날, 없어!) 아저씨 가게에 도착했는데, 오메가 다이버의 줄을 한 칸 넓히기 위해 찾아온 손님을 보았다. 남자는 그 손님의 시계가 아주 희귀한 오메가 씨마스터 300 자동 다이버라는 걸 알고, 이 시계를 2주 전쯤인가 종로구청 민원 창구에 늙은 민원인의 손목에서 본 적이 있음을 기억해냈다. 남자는 다짜고짜 팔지 않겠냐고 물었지만 아버지의 유품이라 팔지 않겠다는 맥이 빠지는 답을 들었다. 2주 간격으로 두 번이나 귀한 시계를 만나다니 신기한 일이다.

다시 만물 쪽으로 올라온 남자는 사투리 사장에게 시티즌 코스모트론을 3에 사고, 리코 전자를 0.5에 산다.

청계천을 건너 황학동 단골 옷가게에서 휴식을 취하며 커피를 얻어 마신 남자는 여름철에 입을 반바지와 알로하셔츠를 2.5에 산다. 지하철역으로 가는 길에 체호프의 단편집과 희곡집을 각각 0.1에 사서 내려온다. 지하철에 탄 남자는 서서 몇 페이지 읽다가 종로3가에서 3호선을 갈아타고 안국역에 내려 걸었다. 남자는 로또를 깜박했지만 샤워 생각이 더 간절해서 이번 주는 거르기로 한다. 여자 친구가 저녁을 비워놓으라고 했는데, 갑자기 회식이 있다며 10시 넘어서나 빠져나올 수 있을 것 같다는 말에 맥이 빠진다. 오늘 하루를 생각해본다. 가방과 주머니에 든 시계를 꺼내고 숫자를 수첩에 메모한다. 반지하 투 룸, 큰 방 창문으로 오랜만에 선선한 바람이 불어온다. 시계를 보니 7시 15분. 오늘은 금요일. 지극히 산술적인 하루가 끝나고 있다.

어반 레트로 피버

◀◀

전형적인, 완전히 뻔하디뻔한 만물상.

몇십 년 넘게 자리 잡고 있는 것처럼,

영원히 거기 있었던 것처럼 보이지만

실은 새로 생긴 지 일주일도 안 된 가게.

지난 시절 사물의 힘은 이토록 대단한 것이다.

◀◀

우리 집 뒤뜰은 국제갤러리의 창고 겸 작업장인데, 전시 준비에 필요한 것인지, 며칠 전부터 20미터가량의 기다란 나무 기둥들이 쌓여 있다.

광활한 들판이나 인적 없는 적막한 국도변에 늘어서 있었던 전신주마냥, 온통 갈라지고 큰 나사못이 빠져나간 구멍투성이의 기둥들이다.

태풍 다마스의 북상 소식이 있던 날 저녁에는 비닐과 노끈으로 꼼꼼히 세월의 흔적이 역력한 기둥들을 포장해 놓았다. 어제는 비 소식이 없었는데 저번 태풍 때보다 더 촘촘히 패킹을 해놓았다. 대충 덮어놓는 게 아니라 두꺼운 김장 비닐로 수차례 둘둘 말아 로프로 감아서 밑에서 올라오는 습기까지 근절한 굉장히 솜씨 좋은 작업의 결과였다.

현대미술이 과도한 자의식과 의도된 과잉에서 온다는 것을 이보다 더 적나라하게 보여주는 장면이 있을까? 그 옆에서 한 가로이 피어 해가 보이는 쪽으로, 바람이 닿는 쪽으로 꽃대를 기울이며 흔들리는 한 무리의 코스모스를 본다.

수십 년간 비바람에 노출되었던 낡은 재료를 더 이상 비에 젖지 않도록 과도하게 포장하는 것은 예술가의 의도인가, 시스템의 관행인가? 전시 계약서에 명시된 사항 중 하나인가? 나무 기둥이 앞으로 어떤 이념과 의도로 변할지는 모르지만, 나무 기둥에 대한 갤러리의 관심과 배려는 다분히 인위적인 느낌을 주어서 마치 정교하게 가공된, 완성된 예술 작품을 대하는 태도와 다르지 않아 보였다.

여태껏 온갖 무관심과 시간의 무차별적 폭격에 무방비로 노출되었던 나무는 극적인 보살핌에 어리둥절할 것이다.

밤은 밤으로 계속되지 않고 아침이 오고서야 밤이라는 관념에 몰두하게 된다. 밤의 관념은 낮에 활발히 이어지는 것이다.

인간은 협업과 통제된 작업 과정, 정해진 매뉴얼을 따르며 무의미를 가다듬는다. 예술은 그 과정들 중 어디에 위치하고 있는가? 나무 기둥을 재료로 택한 시점에서 이미 작품의 절반은 완성된 것이다.

　한가로운 음악을 들으며, 한정된 공간에서 솜씨 좋게 지게차를 운전해 나무를 요리조리 운반하는 작업을 마친 후 그늘에 앉아 담배를 피웠을 숙련된 기술자의 눈빛과 표정을 상상해본다. 날씨는 무덥고 땀이 밴 셔츠는 살갗에 달라붙었다. 한 끼도 먹지 않아 입안은 텁텁하고 잔업이 남아 있어 마음은 헛헛하지만 밤이 오면 일과를 마친 그는 어김없이 집으로 돌아간다.

　바로 그것에서부터 시작해야겠다.

길 위의 얼굴. 얼굴들. 이것은 쓸쓸함에 관한 이야기는 아니다.
다만 쌀쌀한 맞바람이 가을 햇살을 무뎌지게 했던, 이내 차갑게
식어버릴 오후의 어떤 표정이다.

◀◀

황야를 꿈꾼 적은 없다. 평생 모래바람이 부는 장면을 상상해본 적도, 꿈에서 본 적도 없다. 공포나 외로움 또는 적막함, 세상과 유리된 풍경으로 떠올리는 장면에 사막이 있을 거라 생각해보지도 않았다.

도시가 그 모든 감정의 높고 낮음을 그려 보이기에 그 매정함이 사막의 마른 모래들을 잠시 연상할 뿐, 도시는 여전히 서

글프지만 더 친숙하다.

사막은 멀고도 멀다. 사막과 내 마음과의 거리는 측정할 엄두조차 나지 않을 정도로 멀다. 기막히게 멀고 먼 거리. 나는 사막을 환기시킬 만한 소리가 있는지 생각해본다. 기억할 만한 것, 만질 수 있는 뭔가 있으면 좋겠다고 생각해본다. 좀체 거리가 좁혀지지 않는다. 조금씩 가까워지다 멀어져간다. 꿈의 재료를 모으듯 풍경도 기억할 만한 장면과 소리, 색깔과 음영이 있어야 완성된다. 하지만 풍경은 언제나 완성된 채로 마음속에 먼저 자리 잡는 것이다. 풍경과 나 사이의 거리는 불현듯 원래부터 떨어져 있지 않았던 것처럼 불쑥 자리 잡는다. 항상 내가 그 안에 있었던 풍경이었다.

손을 뻗어 닿을 수 있는 곳, 손을 붙잡으면 완성되는 어떤 곳에서 나는 내가 열망하고 있는 풍경 속의 나를 보게 된다.

나는 황야를 꿈꾼 적이 없다. 황야가 나를 꿈꿀 때까진 이 도시를 벗어날 수 없다.

⏪

얇은 합판 조각과 기다란 창틀용 새시를 위험하게 동여맨 자전거가 인도로 슬금슬금 지나간다. 비둘기는 마지못해 날아오르고, 비둘기가 떠난 자리에 잠시 파문이 인다. 젖은 빵 조각이 빗물이 고인 웅덩이에 떨어져 있었다. 승객들은 욕을 하며 전화를 끊는 버스 기사의 눈치를 살피고 있었다. 버스가 종종걸음으로 움직이자 물웅덩이에 햇살이 잠시 비쳤다 사라진다. 버스 안에선 무표정하게만 보이는 풍경들. 딱딱 끊어지는 시동 소리와 기어 변속 소리뿐, 바람 소리 같은 건 들리지 않는다.

어반 레트로 피버

사람들 관계에 이익이 개입되지 않는다면, 적당히 구슬리는 인사말과 비유들, 그리고 대수롭지 않음을 강조하는 방점이 적절히 찍히지 않는다면, 우리는 아마도 헛물만 켜는 것일 게다. 연애를 하고 싶단 생각이 드는 건 이러한 자신이 지긋지긋해졌기 때문이다. 적어도 실패는 맛볼 수 있으니.

몇 주 동안 수리하지 못했던 라이터를 오늘 수리했다.

조명을 밝게 켜놓고 글을 쓰듯 돈벌이에 열중한다. 종종 목이 마르고, 목을 가다듬을 때 목소리가 머릿속에 메아리치듯 울린다.

메모해놓은 것에서 출발해 어디론가 가고 싶은데, 그게 내일 입을 옷인지, 구겨진 손수건인지, 바투 자른 손톱인지 한동안 알 수 없다. 사소한 감각들이 사소한 저항에 유난을 떨며 한바탕 지나가면, 어떤 메모들은 목적지를 이미 지나쳐버려서, 다시 돌아가기란 한없이 처량한 시도 같단 생각이 든다. 계속 늘어나는 것들. 계속 자라나는 생각들.

나는 그저 생활이란 말들로 축소될, 복잡한 교차로에서 파란불을 기다리는 그 짧은 시간의 총합, 그 간결한 결론에 겁이 난 것도 같다.

생활이란 말은 얼마나 사람을 질리게 하고, 비겁하게 만들고 또 완결된 것인지…… 사소한 걱정과 결심, 반항 들을 순식간에 바수어버리고 갈 길만 간다. 나는 결정을 번복하고 의도를 다시 살핀다. 생활의 신호가 바뀌는 것에 주시하면서.

먼저 가망 없는 인간이기를 포기해야 할 것이고, 가망 없는 수단에서도 잠시 물러서야 한다. 다시 돌아오고, 무던하게 그 결정 앞으로 돌아오기를 즐기는 나는, 결점을 최소화하려는, 흔한 말로 완벽해지려는 충동에 매번 굴복한다. 충동이 시간을 이긴다. 시간은 아슬아슬 슬금슬금 눈치를 보며 느리지만 완강하게, 저기 한 짐 싣고 가는 자전거의 속도로 가고 있다.

남들이 쓴 글을 읽기가 점점 버겁다. 힘이 든다. 어떤 빛나감, 비애감이 쭈뼛 서는 털처럼 와락 우리를 덮치고 지나간다. 바람이 불어온다. 버스 안에서 그 소리를 들을 순 없지만, 바람은 불고 작은 것들은 흔들리고 파문을 남긴다.

◀◀

외로움이 성찬이다. 외로움이 성찬이고, 독이다. 혼자 마시는 커피는 독이지만 독이 아니다. 슬픈데 웃기고 진지하지만 허접한 외롭고 슬픈 정서들. 그걸 싸잡아 '커피 마신다'라고 한다. 과거를 비웃지 못한 당신은 비웃음 당하고, 순수함에 침을 뱉지 못한 당신은 쓰디쓴 침이 혀 밑에 고이게 둔다. 뒤집어쓴다. 그걸 싸잡아 '커피 마신다'라고 한다. 웃기지만 진지해서 슬프고, 감정에 조롱당하고 또 가차없이 자기를 응징한다. 그걸 조금 거창하게 '커피 마신다'라고 한다.

◀◀

비가 오지 않으면 한두 시간 정도는 늘 자전거 안장 위에서 앉은 채로 세상을 보게 된다. 남대문에서 집으로 오는 길. 한산해지다 북적임을 반복하는 풍경들.

좋은 것일수록 빨리 스쳐 가고 오랫동안 보게 되는 것은 지루한 풍경이다.

자전거 위에서 풍경과 사람들을 보면, 걸을 때와는 다르게 그들의 기분과 생각을 더 친밀하게 느끼는 것 같은 착각에 빠진다. 걸을 때 종종 느끼는 고독과 일상적인 소외감이 도리어 줄어드는 이상한 효과. 혼자서 걸을 때는 발걸음이 나도 모르게 빨라진다. 저기 한곳을 바라보고 저만큼 가는 것 외에는 다른 생각을 안 하는 성미 급한 산책자가 되는 반면, 도시의 자전거는 대부분 서행 상태임에도 굴러가는 바퀴의 항상성과 조금은 빨라진 리듬에 조급함이 줄어들고, 고개를 돌려 사람들의 눈빛을 보게 된다. 한결 너그러워진다.

나는 인도에서 자전거 타는 것을 싫어한다.

차도에서 인도 쪽을 보는 게 좋다. 앞서거니 뒤서거니 주춤하는 차들과 버스 눈치를 살피다 느긋하게 걸어가는 사람들을 보면 그들의 이야기가 궁금해진다. 기계적이고 반복적인 사물이 되어 카메라의 시선을 흉내 내본다.

따뜻한 오후가 계속된다. 계속될 것 같은 착각이 지속된다. 꽃들은 날리고 길바닥에 담배꽁초가 나뒹굴며 바퀴들이 굴러간다. 나는 새로 산 시계와 선글라스와 세탁할 옷들, 그리고 공기 중에 떠도는 가벼운 분위기들을 입맛을 다시며 생각해본다. 단지 비만 오지 않는다면.

◀◀

라디오로 음악을 듣던 때가 생각난다. 중학생 때, 빌 위더스
의 'Just the Two of Us'와 'Lean on me', 그리고 알 자로우의
'Morning', 'Moonlighting' 같은 노래를 접했을 때, 나는 훨
씬 팝적이고 대중적인 빌 위더스보단, 기교 넘치고 그루브하
고 다채롭고 재지한 알 자로우의 음색에 더 끌렸던 것 같다.
'Moonlighting' 같은 곡을 들으면, 당시에 내가 느꼈던 어른들
의 세계와 그 판타지에 성급하게 다가간 듯한 착각이 들었다.
그 곡이 〈블루문 특급〉이란 외화 시리즈의 타이틀곡이었다는

점도 한몫했다. 〈택시 드라이버〉에서 트레비스 비클에겐 넘사벽인 여인을 연기했던 지적이면서 섹시한 시빌 셰퍼드가 사립 탐정 회사 사장이고 브루스 윌리스가 직원이었는데, 경쾌하고 유머러스하게, 최소한의 폭력으로 사건을 해결해가며 그 와중에 로맨스가 움트는 그런 외화 시리즈들. 아무튼, 나이를 먹어가면서 빌 위더스의 단조롭고 직선적인 목소리를 더 찾게 되는 것 같다. 비트와 어우러지는 그루브감 대신, 정박을 따라 울리는 단단한 보컬을.

81년도에 발매된 빌 위더스의 히트곡 모음집 엘피가 오랜만에 다시 만난 친구처럼 느껴진다. 세 번째 반복해서 판을 뒤집고 바늘을 들었다가 놓았다. 멈추지 못할 것 같다.

낯익은 앨범은 내가 처음 그것을 구입했던, 혹은 감상했던 때로 돌아가게끔 만든다. "Some kind of Vinyl time machine temporally available." 이런 오글거리는 멘트도 지금 이 순간 빌 위더스의 목소리와 함께라면 허락할 수 있지 않을까.

◀◀

하루가 무척이나 빨리 지나갔다고 생각했지만 책상에 앉으면 더디게만 가는 게 시간이다.

우리는 영향받은 것에 굉장히 민감해하며 짐짓 너스레를 떨지만, 정작 촉수를 곤두세우는 것은 언제나 자신이 주변에 어떤 쥐똥만큼의 영향이라도 미쳤는가 하는 것이다.

라디오를 듣는 것은, 시디를 꺼내 레이저 눈금이 가장 바깥쪽으로 이동하는 것을 천천히 기다리는 것보다 쉽고, 시디는 층층이 쌓인 무더기에서 테이프를 꺼내 A면, B면을 택해 플레이어에 꽂아 넣고 플레이 버튼을 누르는 것보다 쉽고, 테이프는 얇은 도우 뒤집듯 조심스레 엘피를 올려놓고 바늘을 옮기는 것보다 역시 쉽다.

여기서 난이도는 러닝타임과도 관련이 있는데, 러닝타임이 가장 빨리 끝나는 엘피의 경우가 가장 적극적인 음악 듣기 행위에 속한다. 음악과 음악 사이 행간을 기다릴 만큼의 여유는 필수이니. 라디오는 작업이나 설거지, 빨래 등 다른 일을 하는 내내 그대로 몇 시간 이상 그저 흘러간다.

시디는 앨범 하나를 듣고 나면 늘 질려서 테이프나 라디오로 다시 돌아오게 한다. 다른 짓을 하다 보면 언제 끝나버렸는지 기억이 나지 않는 것이다.

테이프는 항상 두어 개의 추억을 즉각적으로 생산하는 경향이 있어서 매번 듣기 전에 테이프 A, B면을 더듬다 보면 나중에 테이프 케이스는 꼭 알맹이가 없는 채로 발견되고 어디다 뒀는지를 당황하며 찾게 한다. 그럼에도 테이프는 항상 테이프로 끝이 난다.

엘피의 경우 듣고 싶은 곡을 향하여 바늘을 옮기기 때문에 한 번 듣기 시작하면 다른 엘피를 꺼내 대기시켜야 하기 때문에 종이 커버와 속 비닐이 늘 한쪽에 층층이 쌓이게 된다.

음악은 언제나 목적과 행위의 불일치를 동반한다.

음악을 가장 필요로 하는 순간이란, 주변에서 벗어나 한 지점을 향해 점점 초점을 맞추고 들어가기 위한 정신 집중의 순간, 분산된 시선을 한곳으로 모으고 싶을 때이다. 일단 하나에 집중하면 그 이후는 일이든 작업이든 문장이든 가사든 믹스가 되고 순서가 뒤바뀐 채로 각자의 정서로 흩어져버린다.

이것이 소리의 조합이 일으키는 즉각성이다. 라디오보다 더 인스턴트한 MP3 파일 확장자를 더블 클릭하고, 인터넷 스트리밍 사이트를 이용하는 것은 어쩌면 음악보다 즉각적인 정서가 훨씬 앞서는 일종의 도착이 일어나는 순간인데, 우리는 여기서 정확히 음악이란 형태의 환청을 듣게 된다. 인스턴트한 분위기가 환상의 형태로 음악보다 먼저 생겨난다.

정작 음악은 뒤편으로 사라지고, 즉각성에서 품어져 나오는 정서가 아니라, 간직했던 정서, 새롭지 않은 정서를 음악보다 먼저 플레이하려는 것이다. 리플레이. 과거를 소심하게 반복하는, 학습과 교훈을 거부하는 도피의 친밀한 느낌들. 무한 반복되는 음악은 실제를 무시하고 똑같은 환상을 소비하게 만든다. 음악이 젊음을 가져다줄 때, 환상은 소모와 늙음만을 도로 뱉어낸다.

담배의 첫 모금은 인스턴트한 첫사랑의 정서만큼 간절했다.

나는 담배를 끊는다는 부끄러운 생각을 한 내 자신이 부끄럽다. 여기서 담배는 이제 더 이상 음악이 되지 못한다는 비애가 묻어 있다.

　나는 고개를 숙이고 라이터를 찾는다. 고개를 숙이고 내 배꼽을 본다. 고개를 숙이고 더러운 양말을 바라본다.

◀◀

피처폰의 안테나를 한껏 세우고 횡단보도를 지나가는 중년 사내를 잠깐 쳐다본 버스 기사는 장갑을 낀 손으로 핸들을 감아 천천히 우회했다. 벙거지를 쓴 중년의 남자는 〈올드보이〉의 이우진처럼 마르고 키가 큰 편이었다.

통화 신호음이 울리자 안테나를 세우는 모습이 슬로모션으로 전개된다. 주변은 신경쓰지 않은 채 걸어가는 사람의 흔한 모습에 버스 기사는 왜 흥미를 느꼈을까? 새벽의 라디오에서 흐르는 애절한 아리아 선율처럼 당시 도로 상황은 무척이나 평화로웠다.

와이파이, LTE, 5G, 정보 전달 수단과 방식이 이처럼 빠르게 변하는 시대. 구식 휴대폰을 적극적으로 이용하는 요식 행위는 한때 도시의 일원들이 빠짐없이 사용했던 과거 퍼스널 디바이스들의 향수를 자극한다. 기기에 적응하며 양상들이 생겼다가 자연스레 사라지고, 인간은 그 연속 동작들을 순서대로 늘어놓으며 짧은 시간 동안 이룩한 여러 번의 진화에 만족하고 또 권능을 부여해왔다. 순식간에 만들어지고 조합된 습관들. 우리의 하루는 눈이 뜨자마자 스마트폰에 올라타 내려올 줄 모른다.

"내가 당했던 비웃음과 고통을 고스란히 돌려주겠어."

이우진이 아무것도 모르는 오대수에게 다가가 선량한 사마리아인처럼 도움을 주었을 때, 관객은 소름 끼쳐 했고, 왜? 라며 경악했고, 궁지에 몰린 오대수에게 강한 공감을 느꼈다.

"내가 당했던 비웃음과 고통을 고스란히 돌려주겠어."

통화 중인 사람의 표정을 보면 통화 상대를 조금은 짐작할 수 있다. 눈을 깜빡이거나 시선이 분산된다면 원치 않은 보험

세일즈 따위일 것이고, 미소를 짓거나 시선이 아래로 향한다면 친밀한 관계일 거라 짐작한다.

나는 〈올드보이〉에서 박찬욱 감독이 가장 재밌게 작업했던 부분이 이러한 의도된 마주침과 계산된 동정 행위를 찍는 장면이 아니었을까 생각해본다. 피처폰을 든 오대수는 내내 심각하게 물어본다. "누구냐, 너." 그 벙찌는 표정 연기에 내심 흡족해했을 것이다.

〈올드보이〉의 결말에서 우리는 결국 누가 고통의 최대 수혜자인지 알지 못하는 상황에 빠진다. 웃을 수도 울 수도 없고, 잘못과 책임은 이미 안드로메다로 사라져버린 채, 고통의 우위를 다투며 비극적인 운명을 각자의 방식대로 인정하는 오대수와 이우진의 경쟁적인 자해에 그만 정신이 아득해지고 만다. 서로가 서로를 부여잡고 끝으로 함몰해 들어간 함정 속에서 잘잘못을 따지는 것은 무의미하다. 증오와 복수는 같은 강도로 서로를 끌어당겼다.

"내가 당했던 비웃음과 고통을 더 심하게 돌려주겠어."

이우진 벙거지를 쓰고 횡단보도를 건너던 중년 남자의 천진난만한 디바이스 행위가 버스 기사에게 신호를 보내는 것처럼 보였다.

어반 레트로 피버

"내가 당했던 무심함과 소외를 더 심하게 돌려주겠어."

나는 스마트폰 메모장에 '이우진과 피처폰'이라는 제목을 달고 손끝으로 재빨리 적었다.

◀◀

외발자전거를 든 그는 금방이라도 묘기를 부릴 준비가 되어 있었다. 장난기 있는 눈빛엔 자신감이 가득했는데, 의아하게 쳐다보는 사람을 발견하는 즉시 쪼르르 외발자전거를 타고 와서 자전거의 특징과 견고함, 그리고 자신의 장기를 완벽히 버무려 보일 일련의 행동이 담겨 있었다. 그는 자신의 묘기를 결합해 외발자전거라는 낯선 장르를 소개하고 있는, 황학동 유일의 중고 외발자전거 장사꾼이었다. 160정도의 키, 짧은 머리에 눌러 쓴 메쉬캡, 타이즈에 가까운 트레이닝복, 파란색 팔 토시와 가벼워 보이는 조깅화. 이 정도의 묘기를 부릴 수 있는 신기하고 재밌는 물건을 세상 어디서 찾을 수 있겠소? 자전거 위에서 균형을 잡는 내내 얇은 입술에선 능숙한 대사가 쏟아져 나왔다. 외발자전거와 이 사내는 도무지 구별되지 않을 것 같았다. 이 특별하게 고안된 안장의 쿠션과 질감, 바퀴의 안정성과 기막힌 구름성. 사람들은 어디에서도 외발자전거 판매원을 만나지 못할 것이기에 오늘 일어났던 가장 인상적인 장면으로 그를 기억할지도 모른다. 외발자전거는 천천히 굴러갔고 외판원의 유쾌한 미소가 체셔 고양이의 웃음처럼 따라다녔다.

⏪

우회전 하던 흰색 다마스 밴이 빵빵 경적을 울리며 멈춰 섰다. 여긴 횡단보도 앞. 자전거를 탄 나는 인도로 바짝 붙었다. 다마스에서 검은 조끼를 입은 남자가 재빨리 내리더니, 내가 있는 쪽으로 성큼 걸어와 내 옆에 서 있던 머리를 노랗게 염색한 두루마리 휴지를 파는 지체장애인의 조끼에서 돈을 꺼내 자신의 조끼 주머니로 옮겼다. 그러고 보니 같은 색 조끼다. 그리곤 다마스에 올라타 사라졌다. 등장해서 떠날 때까지 신호가 바뀌지 않았으니 무척이나 짧은 순간이었다. 노란 머리 남자의 시선은 고정되어 있었지만 흔들리는 목의 움직임 때문에 갈피를 못 잡고 있는 듯 보였다. 하지만 신호가 바뀌자마자 고개를 숙인 채 손수레를 밀고 앞으로 나갔다. 여느 바쁜 도시인들의 기세와 다르지 않았다. 방금 전까지 일어난 일은 대수롭지 않은 모양이었다. 경적은 그를 향해 울린 것이고, 그 장소에서 만나서 번 돈을 갈취당하는 게 계약의 일부였는지 알 순 없지만 그 역시 노동자였다. 하루가 끝나지 않았는데 수금을 당했다는 것은, 도시 저편에 아직 해야 할 일이 더 남았다는 의미다. 나는 눈앞이 아득해지고 바람이 무겁게 느껴져 페달을 밟는 데 무척 힘이 들었다. 뒤에서 덜컹거리는 바퀴 소리가 나를 따라왔다.

◀◀

도매 전문, 업자 수리, 황학동 시계 가게. 사실은 욕지기가 터져
나오는……. 우리는 화려한 진열장 안으로 들어가 예상치 못한
적대 속에 갇힌다. 하지만 여기 아닌 다른 곳에도 우리를 환대
해줄 곳은 드물다. 길 위에서 유유히 최악의 상황을 염두에 두
며 생각을 하는 척한다. 담배를 피운다. 나는 꿈을 꾸는 것 같았
고, 꽤 어른스러운 거래 용어를 자연스레 내뱉던 꿈에선 부품들
이 뒤바뀐 짝퉁 시계를 사 환멸을 느꼈다. 입안이 텁텁하다. 가
치보다 더 돈을 내야 한다던 그건 그냥 비싼 시계인가? 더 좋은

시계인가? 옜다, 네 허영 값이다. 가격표를 머리에 붙이고 그들은 아직 거기에 있었다. 매일 연습한 단정한 미소를 나도 붙여 보았다. 불의와 긴장의 대치 상황. 결국 운명 지어진 것처럼 가격을 지불한다. 불쾌한 음식 냄새와 헌 옷 곰팡내가 뒤섞인 희멀건 조명 아래 근사해 보이지만 사실은 닳고 닳은 가죽 스트랩이 달린 연대가 뒤섞인 시계들을 주머니 안에 넣고 나온다. 이제 어디로 갈까? 도매 전문, 나까마 우대, 황학동 시계 가게.

◀◀

쇼타이 폴리싱. 나는 몇 번이나 쇼타이가 무슨 뜻인가를 물었던 것 같다. 그 기표가 지시하는, 지정하는 의미가 대관절 무엇인지. 도무지 손에 잡히지 않는 이름, 쇼타이. 기괴하며 왜색 짙은 그 발음. 하지만 뭔가 미끈하고 전문적인 영역을 드러내며, 낯선 뉘앙스를 풍기며 이국적인 호기심을 자극하는……. 쇼타이 폴리싱 간판을 보게 된 것은 버려진 외래종 길고양이의 꼬리를 따라 골목길을 꽤 비집고 들어갔을 때이다. 재개발이다 권리관계가 복잡하다 해서 세운상가 전자 조명 골목에 맞닿은 예지동

서쪽 끝의 시계 수리업자들이 하나둘 건너편 새 건물로 입주할 때에도 그는 그곳에 남아 있었다. 어차피 환기 시설이 불가피해서 실내에선 어려운 폴리싱 작업은 입주자들이 대부분 빠져나온 공동상가 건물의 모퉁이, 비좁은 통로와 닫힌 셔터들로 답답해 보이는 골목의 모퉁이가 제격이었다. 우리는 외톨이처럼 길고양이와 쉽게 친해졌다. 나는 초보였지만 재빨리 해야 할 바를 알았고, 40년 기술자는 숙련도 보단 빠른 작업 속도를 선호하는 내 성향을 빨리 파악했다. 그런데 쇼타이가 뭐냐고? 그건 내 시계 생활의 한 이력이고 아주 분명한 동지애의 상징적 표지다. 쇼타이, 쇼타이. 그건 바로 그가 인수한 작업장의 상호였지만 인수하는 그 순간부터 그의 명함이자 실질적인 이름이 되어버린 것이다. 쇼타이(しょうたい, 招待). 그가 나를 '초대'했고, 나는 또 다른 업자들을 쇼타이에 많이 소개해주었으니, 우린 비등비등하고 참으로 동등한 관계가 아닌가? 쇼타이, 우연히 서로를 초대했고, 지금까지 반갑게 담배를 나눠 피우며 부르는 이름.

◀◀

아쉽고 아쉬움. 어렵고 아쉬움. 아, 쉽지 않은 아쉬움. 아련하고 쏜살같이 지나가는 아쉬움. 아쉽고 행복하다. 사랑하는 사람을 잠시 만나고 헤어지는 길. 이런 순간이 짧게 계속 이어질 것처럼 상상된다. 내가 이런 것을 한 번도 목 놓아 말하지 않았으므로 나는 예전보단 영원에 가까이 다가서 있다. 나는 아버지와 어머니를, 내 누이와 형을 사랑한다. 치매를 앓다 돌아가신 할머니와 중학교 때 돌아가신 할아버지를 사랑하고 기억한다. 하지만 나를 죽음이 아닌 영원으로 이끌어주는 사랑은 해보지 못

한 것이다. 이 믿음은 내가 모르는 길로 나를 이끈다. 나는 준비
되지는 않았지만 콩닥거리는 심장을 느낀다. 커피를 많이 마셨
나 보다. 나는 종교는 없지만 종교적인 열정으로 깊어진다. 시
적인 긴장으로 더듬거린다. 행복하다.

◀◀

'맛있다'의 납작한 의미가 먹을 만하다, 조미료가 덜 들어갔다, 담백하다, 기름기가 없다 등등이라면, '무덥다'의 납작한 의미는 빨리 안 켜, 리모컨 어디 갔어, 찾아봐 빨리, 아 더워, 달라붙은 셔츠, 아이스 아메리카노, 붕붕거리는 휴대 선풍기가 필요해 등등 정중한 방식으론 도저히 표현될 수 없다.

따뜻하다는 무덥다의 반대말이다.

시원하다는 무덥다와 늘 붙어 있다.

천막 그늘에 납작하게 붙은 태양이 뜨거운 커피를 마신다.

아, 등줄기가 간질간질 후끈후끈, 커피를 휘젓는 속도와 휘젓는 손가락의 그림자를 보며 각각 '무덥다'라고 쓴다.

몸이 움직여, 몸을 움직여

우린 내려가는 중이야.

곧 멍청한 짓을 할 거란 걸 알지.

_The Beastie Boys, Body Movin'

◀◀

정확하게 기억나지 않지만 어느 문학평론가가 'SF소설의 90퍼센트는 쓰레기다. 그런데 사실 세상의 90퍼센트는 쓰레기다'라고 말했었다.

SF소설에 대한 적대적 시각에 항변하는 어조로 읽혀지는 저 말처럼 세상의 거의 모든 사물, 여태 인간이 창조한 거의 대부분은 안타깝게도 태생부터 쓰레기거나 곧 쓰레기가 될 운명에 놓여 있다.

쓰레기의 바다에서 건져 올린 몇 가지가 세상을 빛나게 한다는 판에 박힌 얘기는 순수한 의도와는 무관하게 쓰레기를 더욱 쓰레기로 보이게 만들 뿐이다.

나는 쓰레기의 부정변증법이나 교훈적인 반전 시나리오엔 별 관심 없다.

단지 저 쓰레기들의 바다를 유영하며 묵묵히 해안으로 실어 나르는 사람들의 성격과 눅진한 가치관들, 그의 굳은살에 체화된 어떤 습성들이 궁금할 뿐이다. 그건 보석처럼 빛난다. 태양계 바깥에서 기원한 운석의 성분처럼 분석하기 힘들지만 쉽게 질리지 않고 이상한 동질감마저 준다.

눈을 깜빡이면 땀방울이 왈칵 이마에서 굴러떨어진다. 우리는 곧 잃어버릴 귀중품이 담긴 볼록한 주머니를 애무하며 자신을 확인할 뿐 그밖에는 하등의 관심도 없다.

◀◀

남대문시장 '새로나 아동복 백화점'의 유명한 호객꾼.

이번엔 여장을 하고 간드러진 트로트메들리에 맞춰 노래하며 호객 멘트를 하고 있다. 무대에 선 그는 매번 다른 배역을 맡아 탁월한 연기를 보여준다.

카메라를 들이대면 기껍게 취해주는 포즈와 프로다운 웃음에는 극적인 페이소스가 묻어난다.

비록 멸종 위기에 처한 길거리 호객꾼이지만, 건달과 양아치가 엄연히 다르듯, 여느 삐끼나 인형을 뒤집어쓴 알바들보다 정통적인 장인의 정서와 품격을 갖추었다. 그래서 이 아저씨의 여장에는 더 맘이 설렌다. 앞으로 보게 될 날이 그리 많지 않을까, 단지 호객꾼을 보기 위해 그곳에 간 적도 있다.

웃지도 울지도 못하게 하는 광대의 시절이 지나가고 있다. 배꼽에 손을 포개고 고개 숙이는 동작을 영원히 반복하는 마네킹 인형 따위는 절대 대체할 수 없는 그가 문득 보고 싶다.

◀◀

일요일, 아내가 차에서 들을 카세트테이프를 가져다 달라고 해서 챙기다가 'Jazz en Verve vol.2'를 발견했다. 중학생일 때 동네 레코드 가게에서 염가 세일로 샀던 것이다. polydor라는 레이블에서 vol.5까지 나왔지 아마. 재즈 전문 verve 레이블 가수들의 50~60년대 스윙 재즈 스탠더드넘버들이 수록된 기분이 좋아지는 앨범이다. 카세트테이프를 만지작거리며 생각해보니 나는 옛날 것을 좋아하는 게 아니라 예전 사물들을 지금껏 잘 사용하는 부류에 더 가깝구나 싶다. 회고나 복고 경향이 아니라, 그저 친숙했던 것들이 주는 편안함이나 익숙함을 찾는 부류인가보다. 테이프 플레이어가 있는 구형 차를 사지 않았다면 가능한 감상은 아니었겠지만, 잊고 있었던 중고등학교 시절의 음악이 드라이빙 뮤직으로 부활하니 새삼 나이 먹었음을 인식하게 된다. 지금보다 좀 더 젊었더라면 그냥 옛날 것을 좋아한다, 단순하게 생각했을지도.

왜 우리는 그런 인식을 저어하는가? 심지어 나는 옛날 시계와 책, 선글라스를 파는 사람인데. 맹목적인 과거에 대한 애정이 불필요한 향수를 자극하고, 옛 사물을 숭배하는 태도는 결국 편견을 가중하는 부작용을 낳아 현재를 살고자 하는 의욕을 한풀 꺾어놓기 때문일 것이다.

과거에 대한 풍부한 상상력과 내 집 같은 편안함이 현재를 해석하는 데 막대한 영향력을 제공한다. 주변에 신전처럼 늘어선 옛 사물이 그 어두컴컴한 회랑을 지나치는 새로운 것들을 쉽게 무시하고 쉽게 변형 변이종으로 인식하기 때문에 현대는 효과적인 신화나 특별한 상징으로 자리하기가 이토록 힘들다. 한편으로 이런 현대에 대한 강조는 또 다른 신화를 만들어 붙잡을 수 없는 것, 제대로 해석하기에는 늘 시차를 낳는 수만 개의 얼굴을 가진 괴물처럼 상상되기도 한다.

현재의 음악, 현재의 시간, 현재의 그림, 현재의 몸짓은 그래서 늘 불공평한 잣대로 측정되고 쉽게 모방 혐의를 받는다.

편안하게 만들어주는 과거의 음악이 나를 사로잡는 한 우리는 현재를 잠시 잊으며 그 순간을 특징짓는다.

우울증처럼 현재를 강박하며 내던져야 하는 운명. 째깍째깍 시곗바늘의 눈치를 보며 영원성에 대한 향수를 무기로 버티는 게 순간의 최선이고 겨우 가능한 상태인지도 모른다.

1990년도에 산 테이프를 1991년도에 생산된 차에서 듣고, 2010년에 만든 가방에 1992년도에 만든 시계를 차고 어제를 회상하며 터치패드로 한글을 입력하고 있다. 여전히 포착하기 곤란한 어떤 것이다.

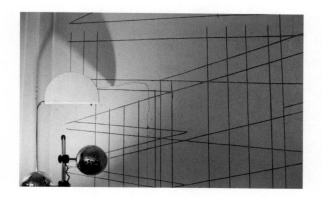

◀◀

선 하나가, 선이 그어진 모자와 가방을 든 인간의 마음을 지배
한다. 적어도 이롭게 한다고 그는 생각한다. 사소한 믿음일지언
정 소홀히 여긴 적은 없다. 미신은 우리를 다른 편견으로부터
잠시 보호해준다. 이로운 것과 나쁜 것도 죄다 포괄하는 마음의
유보. 인간성을 형성하고 때론 후퇴시키는 사소한 구조. 간편하
게 우리는 보호받는다. 영원한 선 하나가……

◀◀

그러니까 오빠, 나 못 해 묵겠다 그런 말 하지 말고, 십만 원이
든 이십만 원이든 삼십만 원이든 과서 잡쉬, 병원 얘기하지 말
어. 병원 가지 말랑께 오빠. 그러니 그거 딱 한 달 먹고 쉰다고
생각하고 변화를 지켜보자고.

　　인적 드문 예지동 골목, 굳게 닫힌 셔터 문턱에 앉아 일대일
전담 마크로 효능 좋은 약을 파는 아줌마와 그게 싫지는 않은
지 계속 말을 받아주고 허허 웃는 노년의 남성. 재잘재잘 조잘
조잘 살갑게 구는 추임새. 누가 봐도 이건 친밀한 사이에서 오

가는 정겨운 대화. 외로움 타는 사람들, 몸이 허한 사람들, 그런 건 다 차치하고 말 상대를 찾아 골목에 들어선 사람들, 황망히 부서지는 초가을 햇볕을 그늘 삼아 약을 파는 사람들, 그저 말을 듣기 위해 약을 사는 사람들.

참말로 가을이 와브렀다.

◀◀

약 9분 동안 옥상 마루에 앉아 구름을 보았다.

오렌지주스와 담배 한 개비를 들고 앉아 관악산 쪽 피어오르는 하얀 기둥이 천천히 바스러지는 것을 보고 있다. 뭉게구름 봉오리 하나가 말 그대로 뭉개진다.

문득 정면 하늘을 보니 얇게 썰린 양떼구름이 파란 셀로판지에 묻은 흰 깃털마냥 작은 평면으로 오고 있다. 오른쪽에선 거대한 띠를 두른 사프란색 구름 떼가 내 머리 위를 지나가는 또 다른 거대한 평면으로 움직이고 있음을 느낀다. 그것이 양떼 구름의 반대 방향으로 이동하며 슬며시 가리는 것을 보니, 양떼 쪽이 아마 우주 공간에 더 밀착된 것인가 보다. 다른 방향으로 제각각 이동하며 포개지는 구름 평면 아래, 층층의 대기로 겹쳐진 도심의 하늘 밑에 나는 지금 앉아 있는 것이다. 여기까지 생각했을 때 관악산 쪽으로 이동하려던 구름 기둥 하나는 이미 허물어져 뭉게뭉게 풀어 헤쳐진 후.

　구름을 묘사하기 위해선 서둘러야 한다고 했던가. 사실 구름을 묘사하는 일은 절대 만만한 일이 아니다. 그것은 구름을 즐겁게 보는 일과는 전혀 다른 무엇이다. 무언가를 묘사하고 쓴다는 것은 바로 그러한 점에서 구름을 묘사하는 일만큼 다급하고 위협적이며 세심한 주의를 요하는 작업이 아닐 수 없다.

　마루에 앉아 편안하게 흘러가는 구름을 바라보는 장면이란 언제나 다른 일을 하기 전 단계나 어떤 일의 와중에 잠깐씩 일어나는 그냥 그렇고 그런 일이다. 사건이라기보다는 사건을 이어주는 하나의 휴지 또는 쉼표 같은 장면. 이를테면 오후의 노란 햇살이 비추는 방 안에서 조하문 노래를 듣다가 나른한 상념에 시선이 이끌려 문득 구름을 올려다보며 주저앉는다는 식의……. 그래서 나중에 조하문의 '사랑하는 우리'를 꼭 노래방에서 불러봐야겠다고 생각하며 꽁초를 들고 방으로 들어온다는 등등의······.

　지금 나는 구름을 묘사하려는 시도를 가지고 또 다른 글쓰기에 대해 말하고자 한다. 그리고 그것은 구름을 보는 일, 직접적인 경험, 시간과 공간이 설정된 하나의 체험에 대응한 하나의 쓰기라는 형이상학을 구축하는 것에 다름 아니다. 경험과 쓰기. 보고 느끼고 맛보는 일과 보고 느끼고 맛보는 일을 상상력으로 구축하는 영역.

　인간의 능력을 나누는 이런 작업은 언제나 그렇듯, 생각하기 전 단계에서 편의적으로 나누는 일종의 형식임에도, 그 나눔의 형식이란 게 우리 안에 원초적으로 뿌리박힌 거란 생각이 든다. 나눔의 형식이 전제된 후에야 우리는 선험적 조건을 뛰어넘어 묘사라는 인간 조건으로 넘어갈 수 있다.

　경험과 쓰기 중 무엇이 우선하는가. 작가들의 글을 읽고 우리가 경험을 꿈꾸는 일도 있고, 이 오래된 전통과 문화를 따라 우리는 쓰기를 통해 세상을 배우고, 한편으론 경험을 통해 쓰기를 배우기를 반복한다. 이상적인 순환이지만 아무도 그 과정을 일상으로 받아들이려 하지 않는다. 그저 구름을 보거나 구름에 대한 묘사의 불가능을 설파하면서 또 다른 꿈을 꾸고 다른 글로 이동할 뿐이다. 하물며 조하문 노래의 우수성을 설파하는 게, 매번 무리 없이 이동하는 구름의 궤적을 묘사하는 일보단 일상

의 공백을 조금이나마 메우는, 개인에게 더욱 밀착된 무언가가
될 수 있기 때문에…….

그렇다고 밤하늘 둥그런 달을 묘사하는 일이 구름을 묘사
하는 일보다 더 쉽고 경제적인 일이라는 생각은 하지 말자. 둥
근 달을 9분 동안 보는 경우에는 묘사의 근본인 묘사할 수 없는
것에 대한 묘사를 더욱 종용하기 마련이다. 구름의 경우보단 덜
다급하지만, 검은 하늘에 콕 박힌 하얀 광원은 우리를 어느샌가
다른 정서로, 다른 경지로 내몰기 마련이고, 그 정서는 묘사에
동원되는 언어의 조탁을 은근히 강요하기 때문이다. 그리고 그
것은 자연스럽다기보다는 매우 인위적인 언어를 요구한다. 조
하문 노래를 들었다. 나가 보니 달이 떴다. 누군가 생각났고, 그
혹은 그녀가 달을 보며 이런 말을 했다. 순간 주인아주머니가
등장해 깜짝 놀란다. 빨랫줄에 널린 빨래를 걷으며 예의 잔기침
을 하면 웃통을 벗고 나온 자신이 조금 원망스럽다. 뭐, 이런 경
우까진 아니어도…….

다시 묘사로 돌아오자. 구름을 묘사한다.
구름이 흘러간다. 흘러가는 구름에 노래를 실어 보낸다. 햇
볕이 따스하다. 하지만 전 지구적인 변환의 일환으로 흘러가
는 저 구름은 지금 이 순간 나의 묘사를 흐리게 할 것이 분명하
다. 허벅지 위로 떨어지자마자 바람에 흩날려 잘게 부서지며 마

루 위를 구르는 담뱃재처럼. 그 순간 우리가 보지 않고 허벅지 위를 스치는 작은 탄성을 눈치채지 못한다면 영원히 알 수 없는 그것. 하지만 고맙게도 전 지구적인 이 변환이란 언제나 같은 것을 우리에게 한 번 이상은 돌려보내는 것 같기도 하다. 실제로 두 번 이상 반복되어 나타나기 때문에 우리는 꿈에 등장하는 캐릭터가 누구인지 알 수 있고, 조금씩 그 윤곽을 완성할 수 있다. 묘사할 수 없는 것을 묘사한다는 말은 곧 묘사할 수 없는 것을 묘사하고 싶다는 욕망에 불과하다. 우리가 절대 묘사할 수 없는 바로 그것을 우리는 묘사하고 싶다. 묘사의 불가능성이란 곧 순간을 포착하는 것의 불가능함이다. 하지만 강박적으로 탐구된 우리의 이 오래된 전통과 문화를 따라, 정지 장면과 운동 장면에 대한 탐색이 심도를 갖출수록 우리는 순간을 포착할 수 있다고 믿는다. 사진이 그것이다. 묘사의 불가능성을 사진이 가능케 하고, 사진 이미지는 곧 무한을 대체하기 시작한다. 언어는 침묵하고 묘사할 수 없음에 내지르는 불만 섞인 탄성을 셔터의 경쾌한 찰칵 소리가 대체한다. 어느새 묘사라는 인간 조건은 언제나 기능하는 기계적인 변환을 가능케 해서 지독한 현실에의 접근 가능성을 비웃기 시작한다. 언어 조건을 뛰어넘을 수 있는 무언가가 실재하는가, 하고 우리에게 되묻는다. 고정된 이미지, 덩그러니 놓인 스틸 사진 한 장. 우리의 눈 깜박임 속에 담긴 비밀들이 하나둘 반복되는 듯하다가 접착되어 굳기 시작한다. 그것은 기억보다 지독한 무엇. 이식된 기억에 다름 아니다. 아니 어쩌면 그것은 새로운 종, 아니면 새로운 기계, 새로운 이미지의 가능성일지도 모르겠다. 여기 9분 동안 앉아 구름을 묘사하는 나는 벌써 오래된 낡은 인간인지도…….

그리해서, 다시 구름을 쳐다본다.

브르통이 그랬던가. 소설에서 '방'을 묘사하는 것은 쓸데없는 일이라고. 독자가 직접 들어가 볼 수 없는 '방'을 그려서 무얼 하겠단 말인가? 하지만 그것은 나 이외에 다른 누군가가 지금 이 시간대에 나처럼 구름을 보며 담배를 피울 것이라는 생각처럼 어리석은 것인가? 아니다. 그건 구름에 대한 모독이다. 관건은 상상력이고 언제나 우리는 아무도 모르게 그 '방' 안으로 들어서기를 원한다. 흘러가는 구름이 아무 생각 없이 흘러간다는 것을 참을 수 없는 인간이 되어 저 구름을 따라 그 '방'에 들어가고 싶은 것이다. 그 '방' 안에 놓인 널찍하고 안락한 의자와 함께 책상 위에 즐비하게 늘어선 고풍스러운 액자 속의 자기 모습을 그려보고 싶은 것이다. 여기 9분 동안 앉아 나는 이미 내 얼굴이 비친 액자를 들여다보고 있다. 의자는 더할 나위 없이 편안하다. 아무 일도 일어나지 않을 것을 알면서도 어떤 일이 일어날 것이라는 예감이 우리를 더할 나위 없이 편안하게 만든다.

구름, 방, 담배 그리고 사진 없는 액자 하나. 묘사를 통해 도달할 수 있는 모든 것들.

자주 가는 통의동 우체국 앞 우체통에 누군가 국화꽃 한 송이와
손 글씨 엽서를 남겨두었다.

국화꽃 한 송이 부칩니다.

과중한 업무로 인해 순직하신 집배원들에게 국화꽃 한 송이

부칩니다.

어반 레트로 피버

2008년부터 올해까지 200여 명의 집배원이 파로사 및 교통사고로 사망하였고,

그중 많은 분들이 스스로 목숨을 끊었습니다.

부디 그들의 이야기를 들어 다시는 이런 일이 없기를 바랍니다.

_Yeol

소중함과 고마움, 그리고 과도한 업무에 시달리는 집배원에 대한 강한 공감이 담긴 문장이다.

매일 얼굴을 보는 우체국 직원분도 7월 9일 파업 예정이라고 그전까지 협상이 결렬되면 9일에 문을 닫으니 광화문우체국으로 가라고 안내해준다. 문제없다. 광화문행이 아니라 우체국을 당분간 이용하지 못해도 괜찮다.

사회는 더 발전해 갈 것이란 기대를 품고 그들의 처지와 환경이 부디 개선되기를 기대한다. 우체국의 우량 고객인 나는 마음만이라도 그들의 파업에 동참하고 싶다. 지난 15년간 나를 먹여 살린 모든 거래는 우체국을 통해 이뤄졌다. 우체국뿐이겠는가, 아무리 스마트폰으로 주문이 이뤄지더라도 결국 물건을 전하는 건 사람의 손이다.

빠르게 더 빠르게만을 강조하고 그게 너무 당연하게 여겨지는 작금의 세태보단 고귀한 손의 의미가 더 강조되었으면 좋겠다.

◀◀

아이를 보며 가장 자주 발견하는 것은 나 자신이다. 시계를 보면 늘 마주치는 것 또한 나 자신이다. 비켜나가겠지, 다른 곳을 보고 있겠지, 하지만 언제나 나다. 내가 보인다. 새삼스럽지만, 미안하고 아쉽겠지만, 저어하겠지만, 결국 나다. 내가 내가 되는 게.

디스 레트로 라이프

지은이 남승민
펴낸이 주연선

1판 1쇄 **인쇄** 2019년 9월 9일
1판 1쇄 **발행** 2019년 9월 16일

ISBN 979-11-89982-48-5 03810

총괄이사 이진희
책임편집 최민유
표지 및 본문 디자인 스튜디오진진
마케팅 장병수 김다은 이한솔 강원모
관리 김두만 유효정 박초희

04035 서울특별시 마포구 양화로11길 54
전화 02)3143-0651~3 | **팩스** 02)3243-0654
신고번호 제 1997-000168호(1997. 12. 12)
www.ehbook.co.kr
lik-it@ehbook.co.kr
www.instagram.com/lik_it

잘못된 책은 바꿔드립니다.

* <u>라이킷</u>은 (주)은행나무출판사의 애호 생활 에세이 브랜드입니다.